旅伴文库·散文精品城际阅读

聂震宁 / 总主编
王剑冰 / 主编

一杯白茶

乔叶 —— 著

漓江出版社
·桂林·

图书在版编目 (CIP) 数据

一杯白茶 / 乔叶著 . -- 桂林：漓江出版社，
2021.9
（旅伴文库 . 散文精品城际阅读 . 第二辑）
ISBN 978-7-5407-8890-2

Ⅰ . ①一… Ⅱ . ①乔… Ⅲ . ①散文集—中国—当代
Ⅳ . ① I267

中国版本图书馆 CIP 数据核字（2020）第 128878 号

YI BEI BAICHA
一杯白茶
乔叶　著

出版人：刘迪才
丛书策划：张谦
责任编辑：黄彦
书籍设计：石绍康
责任监印：张璐

出版发行：漓江出版社有限公司
社址：广西桂林市南环路 22 号　邮编：541002
发行电话：010-65699511　0773-2583322
传真：010-85891290　0773-2582200
邮购热线：0773-2582200
电子信箱：ljcbs@163.com
微信公众号：lijiangpress
印制：三河市中晟雅豪印务有限公司
　　［河北省三河市泃阳镇错桥村　邮编：065299］
开本：880 mm × 1230 mm　1/32
印张：9　字数：106 千字　插页：16
版次：2021 年 9 月第 1 版　印次：2021 年 9 月第 1 次印刷
书号：ISBN 978-7-5407-8890-2
定价：44.80 元

目 录

Contents

第一辑

第二辑

总 序

聂震宁

“旅伴文库”乃应时而生的出版项目。当今之世，既是提倡全民阅读之时，又是全民旅行已成热潮之际，正应了古人“读万卷书，行万里路”的人生信条。究其实，现代交通工具大大方便了百姓的出行，旅行几乎成了普通民众的一种生活常态，“行万里路”已成简单的事情；而全民阅读则还在国家、社会的提倡中，普通人真正要“读万卷书”，似乎还比较困难。然而，唯其难，故而需要多方设法推动，长期用心提倡。漓江出版社策划设计这一文库，既顺应了现代人出行的需要，更是为全民阅读助力，颇具趁旅行热潮助推全民阅读，借全民阅读提升旅行质量的匠心。

相比较已经形成热潮的旅行，全民阅读似乎还不够热。尽管国家为倡导全民阅读加大力度，各级政府为开展全民阅读提供政策支持，每年“世界读书日”各地开展活动有声有色，“书香中国”活动在全国范围风生水起，家庭阅读、校园阅读、社区阅读、机关阅读渐次开展，有识之士一直在呼吁让阅读成为一种生活方式，然而，平心而论，许多主要是在外力推动下开展起来的阅读，距离“让阅读成为一种生活方式”愿望的实现，还有长路要走。

如何才能让这一愿望成为现实呢？我们以为，让阅读与日常生活相伴或许是努力的主要途径。全民旅行热潮形成，旅行已经成为普通百姓的一种生活方式，提倡在旅途中阅读也就是比较自然的事情。国际上曾有过“中国人不爱读书”的负面评价，评价者所举证的，正是旅行途中许多发达国家人士在读书，而许多中国人并不读书，颇使得极具荣誉感和自尊心的许多国人心中不爽。

其实，要改变这一国际负面印象并不困难，最直接的办法就是让更多国人在旅行途中读起书来。当然，在旅行途中读书并非为了做样子给国际人士观赏，挣回一点面子，而是全民阅读之树必然开出的日常生活之花。“旅伴文库”正是为了催生这美丽的花朵而做出的努力。“旅伴文库”的出版宗旨“人生漫旅，好书伴你”，就是出版人真诚而温馨的承诺。

事实上，开展在旅行途中的阅读，对于提高我国旅游事业的质量也是大有裨益的。对于国人的旅行，一直都有某些负面的评价，认为其盲目、简单、粗糙，缺少文化内涵和审美情趣，还有就是不读书。这些负面评价已经成为国民素质不高的重要证据。知书达理或知书达礼，不爱读书的民族谈何文化内涵和审美情趣！于是，近些年来，就有许多关于改善旅行生活、提高旅行质量的意见提出，其中有一条意见颇具感染力，那就是“带一本书去旅行”。

“带一本书去旅行”，其直接的用意是让人们在旅行途中闲暇时刻不至于无所事事。古人主张“第一等好事还是读书”，那么，人在无所事事时，第一等好事更应当是读书了。人在旅途中，休闲时也要保持着优雅的生活姿态，而阅读正是一个人最优雅的生活姿态。旅行是一个发现美、欣赏美的过程。“带一本书去旅行”，既可以读书明理，也可以直接帮助我们丰富旅行知识，探寻美的存在，增加旅行的深度和厚度。旅行即意味着暂时摆脱日常世俗生活的纷扰，暂时忘却生活中某些庸俗无聊的烦恼，所谓“偷得浮生半日闲”，让身心得到休养，那么，“带一本书去旅行”，可以借一本好书帮助我们超凡脱俗，让一本好书高雅的气质陪伴我们的灵魂，让一次次旅行成为与一本本好书相伴随的精神之旅。

应时而生的“旅伴文库”，其用意就是倡导“带一本书去旅行”，让精品图书成为旅行者的精神伴侣。在全民旅行热潮扑面而来的同时，也要让全民阅读热潮相伴而去，让“读万卷书，行万里路”的理想成为现实。

为了旅途阅读而设计的“旅伴文库”，自然要更多顾及旅行阅读的特点。旅行阅读当然是各有所好，可专门为旅行者出版的图书，则要更多体现旅行者阅读的便捷、休闲、审美、精粹等需求的特点。“旅伴文库”的各个子系列设计得很具匠心。其中，“散文精品城际阅读”系列，一辑只选七位作家，颇有“七剑下天山”的气概；每人每本不过十来万字，极大突出了精选的精神，再配上雅致便携小开本软精装，精编精印，想必能吸引读者眼球而令人求得一睹为快。“漓江的书，买了再说”，是20多年前本人在漓江出版社社长任上为该社拟定的广告语，出版人的自信自许，竟然在这个系列的设计中重新得以体会。

“旅伴文库·散文精品城际阅读”第一辑已经面世。入选的七人七种散文集，有刘亮程的《半路上的库车》、朱秀海的《一个人的车站》、王剑冰的《水墨周庄》、徐则臣的《去额尔古纳的几种方式》、陈彤的《玻璃栈道》、阿德的《北行记》和董谦的《种稻记》等。入选的每一位作家都以实力呈现，努力奉献自己卓具新意的作品集。

在邀约散文名家加盟过程中，编选者主张作品质量优先，新人新作质量必须上乘，而名作家则必须以力作加盟。第一辑的七人七书，完全可以称得上是精选精编而成，阵容齐整，一经面世，便引得许多读者兴趣满满，更使得出版社信心满满。于是，时隔不久，又有了第二辑的编选出版。

该系列第二辑的七人七书，出版社一如既往地精选精编。入选者有彭程、乔叶、陆春祥、顾建平、谷禾、陈世旭和王可越，阵容不凡，与第一辑水准相当。主张“真实是散文最基本的遵循”的彭程，他的《头脑中的旅行》一书收入了《自由在呼唤——从陶渊明到袁中郎》《漂泊的屋顶》《在母语的屋檐下》等9篇颇具思辨深度、文笔精准的佳作。被论者赞誉为“清新、隽永，如同她的人……让爱和温暖静静地流淌”的乔叶，她的《一杯白茶》一书收入了《卖麻辣串的女人》《薄荷一样美好的事》《跳面之跳》等25篇清新隽永的佳作。被论者指为“透着十足的智慧和无限趣味”的陆春祥，他的《霓裳的种子》一书收入了《〈霓裳〉的种子》《杂草的故事》《泥土去哪儿了？》等11篇既慎思明辨又智慧幽默的佳作。我的北大校友顾建平，他认为“散文是一种自由而真诚的文体”，其《冬天我到南方》一书收入了《冬天我到南方》《惠州秀才苏东坡》《几人曾见水流西？》等16篇自由而真诚的佳作。早些年被朋友指为“即便生活在北京，他选择的是生机盎然的通州”的谷禾，既是诗人也是散文家，他的《黑棉花，白棉花》一书收入了《一个人的河流》《等待戈多，等待贝克特》等32篇颇具乡土气息和文化意味的佳作。成名于20世纪80年代的著名作家陈世旭，他那部获得全国优秀短篇小说奖的杰作《小镇上的将军》让我们至今难以忘怀，他一直主张“讲普通人生活的故事”，他的《俗可以，别太俗》一书收入了《不与狗争道》《坏人的面相》《最好的风水》等43篇看似普通却一点也不普通的佳作。大学教授王可越博士，一位设计思维创新的资深导师，散文随笔不过是他思维创新中的灵感闪现，他的《万物与我》一书收入了200多个超短篇作品，内容涉及经验、对话、回忆、观看、幻想、梦境、道听途说，有诗有文，亦可当寓言、小小说来读，尤其适合旅行者在旅途中阅读，多得解颐之娱。

“旅伴文库·散文精品城际阅读”两辑共14种书出版，渐成大的格局和不凡气象，相信这不仅会成为散文界、出版界各位同好的共识，也会成为众多文学读者的真切感受。更重要的是，众多旅行者决心“带一本书去旅行”时，有这些可爱而精致、精美的口袋书可供选择，可以从中找到温情相伴的旅途伴侣，成为一次快乐旅行的美好开始，自然是一件令人愉悦的事情了。

2017年9月第一稿

2020年6月第二稿

聂震宁，第十、十一、十二届全国政协委员，中国作协全国委员会名誉委员，中国韬奋基金会理事长，中国出版协会副理事长，“旅伴文库”总主编。

第一辑

肉夹饼闲话

1

说起来，肉夹饼虽然名头叫肉夹饼，可搭眼一看就知道，明明是饼里面夹着肉好吗？就字面意思而言，肉夹饼简直是明目张胆地不尊重事实。可有意思的是，汉语就是有这么一种奇怪的魅力。首先，一看到肉夹饼这个词，谁都不会误解，都明白它指的就是饼夹肉。其次，你若真叫成饼夹肉试试，反而会让人觉得黯淡了，平庸了，更重要的是，显得不痛快了。这时候再回过头琢磨肉夹饼——肉字当前，主题就是这么鲜明，这么响亮，这么夺目，这么具有打动人心的力量啊。

肉夹饼是我家餐桌的一份日常，且都是在外面买的。其实肉我也会做，饼我也会做，可是，地道的肉夹饼还非得从外面买才最是那个味儿。

为什么呢?

因为专业。

现在提倡一种说法，叫工匠精神。我将它解读为专业精神。专业，这真是一种至高的赞美。不是吗?凡是哪一行哪一位的手艺出色，人们便习以为常地称之为“专业”，专家之谓也是如此而来：专业之家。那么，好吃的肉夹饼自然也必得是专业出身专家出手才是。

肉夹饼是典型的小吃，小吃源自民间。我曾和一位荣获“中华名厨”称号的豫菜厨师聊天，他说：“自己手艺再好，也要知道山外有山。民间从来就有很多高手，虽然没有进入这个圈子，但手艺也很让人称道。他们擅长的一般都是单品。”说着说着他便神往地一笑。“博爱县有一家炸枣糕的，是发糕，就两口子，一辈子就卖这个东西。油温啊，面的柔软度啊，他们就是把握得最绝。我年轻时候，喜欢东跑西颠地到处吃，到处看。有一次我就到了博爱，求人家收我当学徒，人家还真把我留下来，手把手地教我。这些民间高手，不懂什么理论，就只会手把手地教。我在那里待了七八天，七八天里就整天看了做，做了看，可事情就蹊跷在这里，看着简单，做着也简单，配料也不稀奇，可你就是做不出来人家的味道。在店里，人家手把手教的时候还差得不太远，离了那个店，我回郑州后自己又做了两回，简直跟人家的味道拾鞋也不配。我不得不服气，人家就是炸枣糕的专家。”

这么说，我见识过的肉夹饼专家可也有不少。

2

单位对面有一家小馆子，名叫灵宝羊肉汤，我午饭经常在那里吃。是图个方便，也是因他家的汤饼好。在郑州，凡是以“灵宝”为招牌的店，是必定会有羊肉汤的。相传老子骑青牛西出函谷关后莫知其所终，函谷关便在灵宝。灵宝是豫陕晋交界之地，一大锅美味的羊肉汤已经熬炖了两千多年历史。用舌尖儿稍微一想就能够知道：这羊肉汤被一代一代人热乎乎地从古喝到今，肯定有着了不得的好处。反正我只要一进店，就能听到老板像背顺口溜似的对客人说，喝了这汤啊，春天可开胃健脾，夏天可促汗排毒，秋天可温补气血，冬天可暖中祛寒……

再好的汤，终归是汤，总得有更结实的吃食来配。这汤可以下烩面，也可以就饼，我爱要一碗粉条清汤，再来一个肉夹饼。这里的肉夹饼有羊肉的，也有猪肉的。我要的都是羊肉的——和别人吃饭当然不能做精作怪，我自己吃的时候却有一个毛病，什么都喜欢只吃一种。荤呢只吃一种，鸡鸭鱼肉只选一个。面食呢也只吃一种，要吃饼就是吃饼，要吃面就吃面。总觉得这样食材和食材之间才不会串味儿，也才对得起食材。当然也才对得起自己的胃。

他家的饼是不大不小的油酥烧饼，不知道他们在厨房是怎么做的，等我拿到手里的时候，饼已从中间薄薄地片开，底部却还连着，这叫开而不断。饼肚子里满是碎碎的羊肉，点缀着一些碎青椒。吃这样的饼，要一小口一小口地吃。一是品味儿，二是不易掉渣。酥饼碎肉，最容易掉渣——有一个办法，吃的时候，饼在上，汤碗在下，这该叫好渣不掉外人田吧。

一小口一小口咬下去，便能知晓这饼的好。肥而不腻，香而不膻，辣而不辛，料重味醇。再一小口一小口地喝着汤，虽然是粉条清汤，可是清汤里却绝不是只有粉条。还有着翠绿绿的葱花蒜苗，有着黄澄澄的金针菜，有着黑黝黝的小木耳，喝起来浓而不腥、新鲜清爽。吃着这饼，喝着这汤，我真心觉得饼性属雄，汤性属雌，它们二者真是佳偶天成。

3

我家附近也有一家小店，说是店都有些过分了，不过是个雨棚子依着墙搭起来，非常简陋。逢到市容检查的时候还要回避两天，有些不安定。可是他家的吃食却是让人极安定的。只要开张，火炉永远是旺旺的，烧饼永远是焦黄的，香菜末永远是碧鲜的，洋葱永远是粉白的，无可挑剔的豆腐皮和卤肉永远是在圆罐子里乖乖等待着我们光临的。一对夫妻，男掌饼，女掌菜。两口子都长得敦敦实实的，黑红脸膛，眼睛明亮，爱笑，很是健康可亲，一副长生不老的样子。无论买不买，我都很喜欢站在他们的摊子前，和他们唠上几句——当然，最后总还是要买的。

大姐，下班啦？

嗯，你们啥时候下班？

啥时候卖完啥时候下班。也快啦。来点啥不？

来个肉夹饼吧。

中。要几块钱的肉？

作为配菜的香菜和洋葱永远免费。价位有所区别的是卤肉。六块钱一份的是肘子，七块钱一份的是肥肠，最普通的就是猪头肉，五块钱。我一般会买猪头肉。有时候也会换个样子，买肘子或者肥肠。有一次我零钱不凑手，又不想把整钞破开，就只买了四块钱的猪头肉，他们也喜盈盈地应承着，把香菜和洋葱的量加得足足的，让饼肚子圆圆地鼓起来，可爱极了。

这种饼，我都是给儿子买，自己很少吃。一周总要买上几次。去年冬天，快元旦的时候，碰到了市容整顿，有半个多月他们都没有开张，每到晚饭时候，儿子就会惦念：他们啥时候来啊？真想他们。

我也很想他们。

等到他们再次开张的时候，我几乎是欢呼雀跃地奔跑过去，说，你们可算是来了。

是呀。可算是来了。

你们都有点儿胖了呢。

女老板笑道：坏事也有好处。虽然少挣了钱，可是总算有工夫歇了。这些天，我们吃了睡，睡了吃，能不胖嘛。

胖了的他们更可亲了。

有时候他们也会喊我美女，我也应承。有一次我穿的衣服老气了一些，他们喊我阿姨，我也无怨无悔地答应。我真希望，他们能一直在这里，哪怕有一天他们喊我老人家。

——突然想起来，我家附近有一家大饭店，此店的特色是果木烤鸭。果木烤鸭倒是寻常。他家的高炉小烧饼却是我的最爱，因这小烧饼也是用果木来烤的，这就是比较阔绰了吧。因是允许参观的明档，便可以清楚地看到发好的面团在饼师傅手下成为饼的全过程：掐揉、擀片、包心、砍花，之后，只见他利落地给饼面涂上一层蜂蜜，再粘上一层芝麻，贴入炉内。这样的饼，怎么能不好吃呢？不点它就是罪过。而每次吃到这种饼，我也就忘了减肥。

这家的饼还有一个特点甚合我意：这饼夹的不是肉，而是榨菜丝儿和青椒圈儿。榨菜丝儿是淡淡的咸，青椒圈儿是淡淡的辣，饼是淡淡的果木清香。这几种放在一起，隐隐地有一种清苦之味，格外悠长。我觉得，这样最相宜。如果配上肉，就太浓烈了，也太奢侈了。太奢侈的东西，总让我不安。

4

外地肉夹饼里，记忆最深刻的当属西安，此地不叫肉夹饼，而叫肉夹馍。腊汁肉夹白吉馍是其代表作。白吉馍原是用上好面粉揉制后烤成，松脆微黄，内里娇嫩。标准的馍样被称作“铁圈虎背菊花心”。腊汁肉呢，则红润软糯，浓郁芬芳。这样的肉夹馍自然是没的说。可对我而言，最有趣的却不是它，而是西安人。之前我在西安吃过一次羊肉泡馍，掰馍的时候被邻桌的大叔看出没有经验，便主动坐过来，不厌其烦地对我谆谆教诲：羊肉泡馍三种吃法，一是干拨，就是汤泡好馍后不见汤，汤和馍的量正好，那么掰馍的时候就要把馍掰成黄豆大小。二是口汤，即汤泡好馍后只剩下一口汤，那么掰馍的时候就要把馍掰成花生大小。三是水围城，即汤宽大煮，馍在汤中如岛。如此掰馍的时候就要把馍掰成蚕豆大小。至于掰馍，则有掰、撕、掐、搓等多种手法，泡出来的口感各有千秋……那碗泡馍吃得我可谓心满耳满。

近日出差到西安，我办完事，便按照服务员的推荐，寻摸到一家主营腊汁肉夹白吉馍的小店。小店真是小，只有几个象征性的座位，绝大多数客人只能买了馍站在外面吃。馍刚拿到手，我正准备开吃，旁边一位满头银发的老太太看了我两眼，便开了口：

姑娘，你不能这么吃馍。

怎么了阿姨？

你这叫竖持而食，肉汁儿会流下来的，既不雅观，也可惜了东西。此刻，她的馍也拿到了手。她便比画起来：你看，应该这样。她把馍平放到自己手中，继续说：这样拿着，从两边吃起，慢慢儿吃，稳稳地吃，肉汁儿才能充分地融化到馍里，不会流出来。吃样儿也好看，尤其是姑娘家。

您是老师吧？

退休十年了。

您怎么不吃啊？我看她只是比画，心里还替她痒痒着。

给我孙女买的。我老了，吃不动了，闻闻味儿就好。她笑道：好好吃，粒粒皆辛苦啊。

是啊是啊，粒粒皆辛苦啊。我忙不迭地点头，目送着她缓缓远去。

素丸子小记

近日，姐姐到郑州来，小住了两天，我便缠着她，让她教我做素丸子。

喜欢吃素丸子已经很久了。在街上听到女孩们讨论“丸子头”这样的发型时，我都会想起它，从而口中生津，馋得不行。而听到有初见的朋友说我长得像樱桃小丸子时，我也会因其中的丸子元素而喜笑颜开。

为什么喜欢吃素丸子呢？好像有些无厘头似的。想了想，其实也有因可循。油炸的东西本来就足够浓香，若是肉丸子的话，油香加肉香，香得就有些腻。素丸子呢，是油的浓香加蔬菜的淡香，这香得就恰恰好。还有，肉丸子不宜凉吃，素丸子却不受这个拘束。每次外甥女豆豆回老家时，姐姐便会炸些素丸子，托她给我带回来。等到我吃到嘴里，那丸子自然也都凉了。凉了也好吃，因为是新鲜的凉。

“热的最香。”姐姐每次都会在电话里说。

新鲜的凉再好吃，也不如新鲜的热好吃。作为一个吃货，这个我当然知道。可是自己不会做，就只好退而求其次。

“可简单！”姐姐开始在电话里唠叨，买什么菜，放多少面，加什么调料。每次她都说得兢兢业业，可是很抱歉，对我来说，每次都是如风过耳，一点儿痕迹也没落下。

“就是可简单！”豆豆也说。她无数次地眼见为实，便由衷地感叹。有一次，看着她站着说话腰不疼的样子，我就赶鸭子上架，让她“可简单”地来一次，她也是撸胳膊挽袖子，信心满满地在厨房忙活了半天，最后出来的东西却是一个四不像。

无他，耳听目睹终觉浅，“绝知此事要躬行”。

姐姐说既然要做，就做两种。这两种在她看来最为经典。一种是芹菜素丸子，另一种就是萝卜素丸子。

先去逛菜市场。

家门口就有一家菜市场，老板娘特别勤快干净，言语很爽利，又透着点儿好强。每次去她家买菜，都会自动抹了零头儿。有时候，我一个人吃饭，买的菜少，她就不收钱。一小撮香葱香菜什么的，她也都是赠送。时间久了，我实在不好意思，她却总是豪爽地一笑："人家可以沾我的光，我不爱沾人家的光。"

姐姐说，芹菜要选小芹菜。

芹菜是有讲究的。土芹，西芹，水芹，都是芹菜。老板娘说，今天她店里进的这种小芹菜是土芹。

土芹又叫旱芹，还有一个名字叫青芹。西芹也有别名，那名字骄傲得很，就叫香芹。水芹又叫河芹，又叫白芹，“思乐泮水，薄采其芹”，这是《诗经》里都有的典故，说的就是水芹。想起来，老祖宗们也都太会吃，《诗经》里的菜蔬可是不少。《杕杜》里有一句说到枸杞：“陟彼北山，言采其杞。”《鹿鸣》里有一句说到青蒿：“呦呦鹿鸣，食野之蒿。我有嘉宾，德音孔昭。”

姐姐不像我这么掉书袋，她只一心一意选芹菜。她拿起一把，看看根儿，看看叶儿，再掐一下茎，便递给老板娘。

“多少钱一斤？”

“两块五。”

“真贵呀。在我们那儿，才八毛。”

老板娘笑了：“您家不在郑州吧？郑州没有这个价儿。您可知道在这儿，店租是什么价儿？”

姐姐也笑了：“我也就是说说。不叫说？”

“说，您可着劲儿说。大方的都是闲人，计较的才是买主。”

萝卜是要红萝卜，要水灵灵的，硬铮铮的，也就是了。

五分钟就调好了两样馅儿，果然不难。

小芹菜只要叶子，掐下来，洗净沥干，码在一边儿。

“有人爱把这叶子用开水给焯熟了，我不爱。吃芹菜图的是啥？还不就是这个芹菜味儿。焯了水，这叶子还有什么芹菜味儿。”姐姐说。

我嗯嗯点头，表示深度赞同。

红萝卜是擦成丝儿，也码在一边儿。姜末剁好。面分两份盛好，每一份儿里都打上两个鸡蛋，然后是些许盐，再放菜和十三香粉——最有名的十三香粉来自河南驻马店的王守义。很久以前，十三香都是沿街叫卖的。曾听过一段叫卖说唱，那词儿实在是有趣："小小的纸啊四四方方，东汉蔡伦造纸张，南京用它包绸缎，北京用它包文章，此纸落在我的手，张张包的都是十三香，夏天热，冬天凉，冬夏离不了那十三香，亲朋好友来聚会，挽挽袖子啊下厨房，煎炒烹炸味道美，鸡鸭鱼肉那盆盆香，赛过王母蟠桃宴，胜过老君仙丹香，八洞的神仙来拜访，才知道用了我的十三香……"

——扯远了。

最后放水。水绝不能一下子放够，得一点一点放，等到能把面团黏黏地搅成一团时，就算大功告成。这时候的馅料，芹菜馅是白里透着茵茵的绿，如大雪下的春草。萝卜馅是白里透着隐隐的红，如大雪里的梅花。

做这两样馅的时候，是姐姐做一样，我照着她的样子做另一样。

让这馅料略放一放，然后，便可以炸了。

油要宽。

宽，喜欢这个字。这个平朴的形容词，作为厨房的专用语，一下子就生动起来了。一碗面，汤多面少，叫宽汤。炸东西放的油多，就叫宽油。其实宽在这里，也就是多的意思，可是“多”这个字，却真是比“宽”少了太多趣味。你听听，宽，这一个字，面积感和体积感就都欢悦地蹦了出来。

要是有机会，你仔细听听厨师们讲的那些行话，真是动人！我曾亲耳听到过，把主料放进作料里浸渍，他们叫“麻一下”。把未发和发好的原料通过不同的方法存管起来延时保鲜，他们叫“养住”。把韭菜码齐，再掐掉黄梢尖儿，通常都叫“择韭菜”的，他们却说“把韭菜梳一梳”。似乎韭菜在他们的眼里不是韭菜，而是一个碧发葱盈的小女孩，因为调皮，这小女孩把头发弄乱了，需要怀着爱怜和疼惜，好好地给她打理一下。还有什么“羊不姜，牛不韭”“猪肝下锅十八铲”“春鸡腊鸭闹腰子”……

每一句这样的字词里，都含英咀华，意味着高度浓缩的经典经验。

宽油渐渐地热了，便有淡淡的油烟渐渐升腾起来。我恋恋不舍地开了抽油烟机。没错，我是喜欢看这些微妙的变化，太有意思了。曾听厨师们讲，做佛跳墙的时候要加隔水炖的黄酒，炖黄酒的时候要看酒面，每一秒钟酒面都有变化，如何随着温度冒出淡淡的透明的白烟儿，如何开始起小泡了，如何开始起大泡，哪个瞬间才是最好的状态，能让它所有的香味和营养最大限度地发挥出来，这都是有讲究的。做拔丝菜呢，要观察糖面的变化。这有两条标准：一是去烟务净。要熬到糖面儿不能有油烟。二是滴水成珠。糖汁儿滴到凉水里，一颗颗要滚成珠子。用这样的糖汁儿做底料，热冷相激，必拔好丝。

——见识得越多，站在厨房里，我就越羞愧。所知的理论和所行的实践悬殊如此之大者，舍我其谁呢？

姐姐已经开始往油锅里下丸子。记得童年时候，奶奶炸丸子都是亲自下手，把丸子一个一个从虎口那里挤出来，挤成圆圆的一个小球，炸出来的丸子便都圆润玲珑，极其可爱。现如今姐姐却不下手了。她用汤匙，挖一下，再挖一下。丸子的形状便扁扁的，不那么像样了。

她只下了四个。芹菜丸子和萝卜丸子各两个。

“先尝尝盐味儿。”她说。

是了。虽然生馅也可以尝盐味儿，但到底不准。还是经过高温历练的成品尝起来更让舌头信任。

“你看，咱这油是好油，所以上色慢。炸了这么久，还是白的。其实素丸子炸到这个份儿上已经差不多熟了，也定了型，要吃也是可以的，就是颜色欠一些。咱们要是做得多，这就可以捞出来了。”

“颜色不是欠吗？”

“所以捞出来呀。等到你下一顿吃的时候，再过一遍油，这叫‘炸二遍’。那时候炸出来的丸子，一来出锅快，二来上色快，上出来的色又正好，吃着还香热，跟第一遍炸的一样。好多饭店都是这么做的。”

我颔首赞叹。真聪明啊。

终于，这四个丸子慢慢地浮上来，颜色也越来越漂亮，抵达了淡淡的金黄。

我们姐妹两个将它们各尝一个。

“淡了一点儿。”

于是又加一点儿极少的盐。接下来，便可以大规模地炸了。

这两样素丸子，我们炸了足有二十分钟，我也吃了足有二十分钟。越吃我便越惊叹：现炸的素丸子真是好吃，简直是我们这等平凡之家的极品美食——如果不和现炸的肉丸子比的话。

这味道，怎么形容呢？芹菜叶的清香，萝卜丝的甜香，这两样香分别和热油的浓香、面粉的醇香交织在了一起，既条缕分明，又层次丰满，仿佛是一曲少女和少年的小小合唱。

舞台，就是小小的舌尖啊。

我边吃边想：这确实没什么难的，我已经会做了。我还很自信地想，在不久的将来，我应该能比姐姐做得还好，因为我会像奶奶一样亲自下手，把丸子一个一个从虎口那里挤出来。哪怕是冬天，我也一定要这么做。

秋疙瘩

8月8日，立秋。8月9日，回豫北修武老家小住的儿子回来了。母子二人躺在床上闲话。我说昨天立秋，天马上就显得凉快了，早上上街就想穿长袖。他说哪有那么快，完全是心理作用，其实还热得很呢。我说肯定是凉快了，不然为什么叫立秋？老祖宗定下来了这个节气，一辈一辈传到现在，若是不准谁还会用它？过了这一天，那个秋气就来啦。信口至此，忽然想起老师讲过的立秋三候：“一候凉风至，二候白露生，三候寒蝉鸣。”真是一候更比一候凉啊。

“妈，你啃秋疙瘩了没有？”忽然，儿子问。

“什么秋疙瘩？”

“饺子嘛。说是立秋的时候要吃的。我奶奶说了，也叫啃秋。”

啃秋，我当然是听说过的。有的地方也叫咬秋。总的意思就是要在立秋这一天吃些西瓜来应景，以欢送炎夏，迎来金秋。清朝张焘的《津门杂记·岁时风俗》中就有这样的记载：“立秋之时食瓜，曰咬秋，可免腹泻。”又据说可以不生秋痱子。无论如何，都是要吃的意思。有的地方叫“贴秋膘”，就是说立秋这一天要大吃肉，多储存些热量等待凉天到来。

啃秋疙瘩。单只没听过这个说法。

然而，即是一听，就无比喜欢了。秋疙瘩，真是有喜感。疙瘩，是瓷丁丁的，一团团的，结实的，丰盛的——疙瘩这个平素里听起来就让人不舒服的词，和秋用在一起，就像一个可爱的婴儿。试想一下，春疙瘩？这肯定是不行的。夏疙瘩？让人更加闷热。冬疙瘩？只能让人想到冰块。也只有和秋用在一起，因为只有秋是万物成熟的时候。成熟了，才会瓷丁丁，才会结实，才会真正丰盛。而且，也只有饺子最配秋疙瘩。饺子里，什么都有：肉菜葱姜，各色作料……那种丰饶，那种喜悦……

“秋疙瘩。”这真是来自民间的活生生的气息啊。

而从孩子嘴里说出“秋疙瘩”这三个字，就更为可爱。曾国藩有一联：“养活一团春意思，撑起两根穷骨头。”朋友叶舟在某文中曾有无比曼妙的延展：“孩子就叫，春意思。”

春意思，秋疙瘩。绝配。

一碗挂面

1

一位女友远嫁外省，久无音信。有一天突然来了电话，报告说怀孕了。待我道过喜，方才悠悠道：“来点儿实在的。”

“请明示。”

“给我寄点儿挂面吧。白象牌的，最普通的那款鸡蛋面。这边超市买不着。”

我莞尔。是啊，换作是我，可能也会如此。既然活色生香的家乡面在千里之外，可思而不可得，那挂面也算是退而求其次的选择，可以稍稍安慰思乡的肠胃。

——忽然想到“退而求其次”里的那个“次”字，觉得像一个小小的疙瘩。如果挂面有知，会不会觉得刺心呢？

曾经以为挂面是近现代以来才有的新鲜物事，查了典籍才知道，原来它竟然颇有年岁。想来也是。中国内地发现出土的小麦，最早在三千多年前的商中晚期。及至汉代，在《汉书·食货志》上就有了小麦在北方大规模种植的记载，到明代小麦种植已经遍布全国。有了小麦就有了面粉，有了面粉就有了面条，有了面条就有了挂面。学术界便认为成书于元代的《饮膳正要》所记的“挂面”，是中国有关挂面的最早史证。清朝大臣谢墉《食味杂咏》内言：“北地麦面既佳，而挂面之入贡者更精善，乃有翻嫌其太细者。”这种入贡的“太细者”，还有一个闪闪发光的别名：银丝挂面。想来，银丝这种具有富贵之气的爱称去配天家皇权，也甚是相宜。

那时候的人们是怎么做出挂面的，当然已经是无从知晓。有一次偶然的机会，我去了一趟挂面厂，弥补了想象力的空缺。这是一家小挂面厂，在轰隆隆的机器声里，技术人员声嘶力竭地给我介绍工艺流程：面粉、食盐、回机面头和其他辅料要按比例定量添加；加水量是根据面粉的湿面筋含量确定；和面设备是两种：卧式直线搅拌器和卧式曲线搅拌器；压片的方式也是两种：复合压延和异径轧辊；切条成型由面刀完成，面刀有整体式和组合式，形状多为方形；最重要的工序则是干燥，这是整个生产线中投资最多、技术性最强的核心部分，主要有三种：高温快速干燥法、低温慢速干燥法和中温中速干燥法。面头处理呢，湿面头应即时回入和面机或熟化机中；干面头可采用浸泡或粉碎法处理，然后返回和面机……

不得不说，虽然大开了眼界，但是，也非常失望。从厂里出来的时候，我的脑袋都是疼的。

作为北方最典型的干粮之一，挂面也是我家中常备。因比方便面要健康，比现擀面要省事，比鲜面条易存放，所以不想出去买食材的时候，没时间去做精细吃食的时候，又厌恶了叫外卖的时候，吃它是最适宜的。只要你有最简单的锅灶，你就可以享受它，随取随用。如果不取不用就随你一年半载地放着，简直就是食品界最贴心的存在。它是面条家族里的备胎，像偶像剧里悲催的男二号，永远不是女一号最心仪的，但又永远是忠心耿耿在为她垫着底儿，于是总是在让人想起他的时候，不是喜欢，而是心疼，觉得这哥儿们不容易，挺委屈。

总而言之，挂面是忙人面，也是穷人面，往根子里说，本质上就是懒人面。不过，有意思的是，手工制作这种懒人面的人，却是格外勤谨的劳作者。

2

今年五月，暮春时节，到了陕北榆林的吴堡县。印象最深刻的有两样，一样是窑洞，另一样就是张家山的手工挂面。窑洞很多，多到漫山遍野，但很多都因空置太久而废弃了，显得萧瑟荒凉。张家山的人们住的也是窑洞，这里的窑洞却生龙活虎。因著名的《舌尖上的中国》摄制组来这里拍过传统的挂面制作工艺，如今这里闻名遐迩。现在，这里每家每户每天都在忙着做挂面：和面、醒面、搓条、盘条……工序异常烦琐，却每一道都马虎不得。

教游客做挂面也是他们的一种日常。比如此刻，面已经成了小拇指般的粗条，一圈一圈地在盆里窝盘好，两根长木棍一左一右伸在我的眼前。我学的环节是像纺线一样把面缠上架。婆婆们缠得轻巧敏捷，看着容易。我有样学样，分明是小心翼翼，却做得破绽百出，总是用力一过，面就断了。这面，需得不徐不疾，举重若轻——想来，就轻和重而言，举轻若轻、举重若重和举轻若重都是容易的，难的就是举重若轻啊。

缠好的面还要挂在廊下，再抻细，让它阴干。《舌尖上的中国》里的画外音如是说："……撑面杆从中间精准分开，面的柔韧与重力的合作恰到好处。160根一挂，能拉长到3米，银丝倾泻，接受阳光和空气最后的塑造。"

最后的塑造之后呢？裁长为短，包装为挂面。

廊下的架子高高的，像晾衣架。他们把面挂上，我能做的就是把面抻细。这可是一个有趣的活儿。我把撑面杆横穿在面的底部，往下抻。他们让我使劲儿，我就使劲儿。有多大劲儿使多大劲儿。

好吧，使劲儿，使劲儿！我的劲儿使得越来越大，面也越来越长，越来越细。你能想得到吗，它已经这么细了——每根直径只有一毫米——可是等到完全晾好之后，居然是空心的。这奇妙的空心，是面在持续发酵时内部产生的中空。

干完了活儿，我和挂面合影。发到朋友圈里的闺蜜小圈。

闺蜜甲问：你摸的是帘子吧？什么材质的？

我再发一张，是挂面特写。

闺蜜乙评：乍一打开，还以为手机屏坏了呢。

我乐不可支。手机屏坏的症状之一可不就是密密匝匝的细条吗？

谜底揭开，她们惊叹着，问我这么细的挂面摸起来是什么手感。

我答：如丝绸。

怎么会？！

你摸摸就知道了。

——真的。如果凭着想象，你永远也不可能知道，这刚刚挂出来的挂面，有着如此让我怜惜的温柔、湿润、细腻和光滑，如这世界上最美的少女的皮肤。

吃完饭，主人希望嘉宾签名，我们推选了一个诗人，他写的是：“面可空心，人要实心。”

两个月后，我收到了一个沉甸甸的快递，里面是一箱子挂面，足有十斤。挂面包装袋上写着：“老张家手工空心挂面。”文字介绍只简单且郑重地强调，这面已经是陕西省的非物质文化遗产。是“农村老传统手艺”，“每一根面都经过 12 道工序完成”。

寄面的是吴堡的朋友。我发短信向他表示感谢，他回说：本来走时就应该送的，可是觉得路上拎着累，不如快递。又仔细叮嘱：“煮面的时候，用旺火，水要宽。水开了再下，用筷子搅拌，别盖锅盖。”

3

据我所见，郑州市的每个居民小区附近都会有一家或者几家“鲜面条”小店，这样的小店照例都是粉扑扑的，因他们的主业就是开着轰隆隆的压面条机来压面条，毛细，二细，担担面，杂面……各种款式，面面俱到。而在这样的店里，也必有几根高悬的横杆，横杆上挂的就是细长的挂面。

老板告诉我，买挂面的人很多。因其不仅是自备而食，也会用来送礼：婴儿满月或者老人生辰，都可以送一把挂面，送礼的面叫“长寿面”，因何得此名？因挂面长瘦啊。

这么多人家都有挂面，他们又是怎么吃的呢？有时候我会好奇这一点。没有跟别人交流过吃挂面的心得，以我有限的私人经验，吃挂面的要义就是素淡。煮得将熟未熟之时，放一把青菜，有青有白，这就够了。若在出锅时再滴两滴香油，放些微香菜末，那就是奢侈。更奢侈的是再放一点儿红艳艳的辣椒油或者辣椒酱。红呢，是添了几分欢悦喜感。辣呢，是用来开胃的，是清素的饭食里，那一点点珍贵的热烈。如果还有鸡蛋，再在面里卧上一个圆溜溜的小太阳，那么毫无疑问，这碗面已经是顶尖的豪华。

煮挂面时，我还喜欢放一点点粉条。窃以为粉条和挂面是很相配的，因为它是另一种意义的挂面。我放的粉条分两种，一种是红薯粉，另一种是土豆粉。它们煮好后几乎是透明的，如柔韧的雨丝。这些浅灰的雨丝和雪白的挂面绞缠在一起，无论是颜色还是口感都更为参差有致，别有趣味。

——趣味?

是的。趣味。我必须诚实地说，不是美味。事实上，一想到要去评价挂面的味道我就有些为难，就开始纠结于一个吃货的伦理：虽是面，却没有现擀面新鲜。吃起来也筋道，却没有那么筋道。作料入味的分寸呢，若是深了，面就烂了；若是浅了，就在面的表层浮着……总而言之，若说它美味，这有点儿违心。若说它不美味，又不忍心。

忽然想起两年前，我和朋友们去俄罗斯旅行。

很多天没有吃到面，每个人的神情都是嗷嗷待哺。那天，终于在彼得堡找到一家中餐馆，老板说只有挂面。

“挂面也好，挂面也好。”大家异口同声。

如春苗盼雨般，挂面终于来了，一大汤盆。卤是鸡蛋西红柿，口味寡淡极了。但没有人介意，只见群筷齐扎，瞬间，偌大的汤盆里，汤至清而无面。

我看着自己抢到碗里的那点儿可怜的面，深刻地明白，在不和别的面比的时候，在具有独一无二的存在性的时候，此时的挂面，岂止是“也好”，它就是最好啊。

忽然又想起在张家山吃的那顿饭，主食是“炒挂面头”。手工抻面的时候使的劲儿不是很大嘛，就会抻断一些面。当地人的做法是把抻断的面头捡起来，直接下锅煮个半熟，再拌上肉和洋葱炒一下，这就叫“炒挂面头”。这饭的样子不悦目，挂面头长的长，短的短，但吃到嘴里却口感醇厚，回味悠长，着实惊艳。想来这应该是我吃过的最好吃的挂面了。可是，这没有被“挂”起来的挂面，能算挂面吗？

水仙花菜

很长时间没去菜市，今天偶尔进去，但见满眼葱葱翠翠，竟然也不觉得嘈杂喧嚣了，极有兴致地逛着。

一位衣着粗糙的老人正蹲坐在他的摊位前，低着头在篮子里摸索着什么，篮子前立着一个极小的纸牌：水仙花菜。

我眼前顿时呈现出凌波仙子的绰约风姿，禁不住问："给我瞧瞧水仙花菜吧。"

老人从篮子里抓出一把，伸到我的面前。"味道好着呢。"

我哑然失笑。“这不是荸荠吗？”

“那不好听。”他说。

“一种菜，好听不好听又有什么要紧。”

“菜是人吃的。人都爱美的东西。”他温和地笑着。

我也笑着，买了两斤回去，一路想着这个菜名。我不大喜欢吃荸荠——可是，这次我买的是水仙花菜啊。

卖麻辣串的女人

我住的小区紧挨着郑州北区的都市村庄黄家庵。都市村庄白天看来是这城市的一块癞头疤，到了夜晚却像一朵非常奇丽的玫瑰花：每栋楼都镶着霓虹灯，因此楼体都是色彩斑斓，简直可以称之为光污染了。而到了路面上，同样也是彩光闪耀：饭馆和网吧的灯就不说了，那些流动的夜市小摊的灯都汇成了一条灯的河。依次去查看这些小摊，简直就是一个河南地方小吃大全：周口的粉浆面条，开封的炒凉粉，南阳的砂锅，许昌逍遥镇的胡辣汤……还有以姓氏命名的各家美食——曹记冰豆，后面注释：

第十九代。李记炒酸奶，旁边注释：独此一家。香嫂凉面，旁边注释：已经九年。王记烤面筋，旁边注释：中原一绝……真个是色色俱全，物美价廉。

在这些小摊里，最多的是麻辣串。生意好得不得了。因为好吃也好做，所以摊子就特别多。一般的摊子都是两个人招呼就够了。大约两米长一米宽，中间是三个热气腾腾的长方形汤池，汤池下面都坐着煤球火，并排三个火眼儿。汤池里面泡着麻辣串。其中中间的汤池是清汤，是为那些不吃辣的食客准备的。麻辣串都是些什么物件呢，无论荤素都是五毛一串？先说荤的：鸭肠、鸭血、猪肝、猪肺、鸡头、鸡胗……既要是肉，又得耐煮，那么就是这些杂碎最合适不过了。羊杂碎固然是美味，但因为它的味道过于强大，也只好被这些摊主忍痛割爱。素的呢，就多了，锅里的有海带头、油豆腐、面筋、鹌鹑蛋、木耳，现下的有各种新鲜菜蔬，还有米线、烩面和粉丝。还有些说不好是荤还是素的东西，也就是半荤半素吧：鱼丸、虾丸、蟹棒之类的，有些肉的味道，却是素的口感。还有一种最让我感觉奇怪的东西，他们都叫它干贝丝饼，圆圆的，是用面做的，面里却揉进了玉米粒，还有鱼的感觉，还有红萝卜丝和大青豆，很好吃。也是五毛钱一个。粉丝一般分两种，有一坨一坨的干粉丝，一坨算一个。有五毛钱一个的和一块钱一个的。我问老板娘区别在哪，老板娘简洁地回答我："贵的好吃，耐煮，费火。"我要的是一块钱的那种，老板娘将粉丝下进汤池去，然后将两个竹签放在我的盘子边。儿子要的烩面也是一块钱一份，老板娘将面扯好，放进汤池，也把两个竹签放在了儿子的盘边。吃麻辣串的算账方式是查串，将吃过的串放在自己的盘子边，吃过之后点数即可。

我们常吃的这家摊子叫重庆正宗麻辣串，老板娘是很精干的少妇。她经常是很忙碌的，偶尔闲下来，也会和我聊几句。我问她用煤球费不费，她说：

"费得很呢。一天要烧几十块。"我点头，她马上强调道："不是烧几十块煤球，而是要烧几十块钱，你听明白了没有？几十块钱呢。"

"昨天熬到今天早上六点才收摊，睡了四个钟头就赶紧起来进货，穿串儿，累死了。"那天，她正发着牢骚，却突然停止了，兴致勃勃地看着我背后。我转身看见一对卖烙饼的夫妇收摊之后正好路过，她大声和人家打招呼："回去啊？"

"回去。"女人恹恹地说。等他们夫妇进了黄家庵的一条小巷，她就告诉我："方才，那男的打那女的打得可欢了，他不让那个女的管钱，说女的收了钱不给他，两人就打起来了，把烙饼都掀了一地。切，还有这种男人。跟着这种男人，辛苦不算，可是倒了血霉了。"她边说边笑，有些叹息的意思，可更多的却是相比之下对自己的知足和满意。

然后她系了系围裙，又忙碌了起来，在忙碌中，她还哼起了不知名的小曲。

山西吃面记

面食这件事，一直就是强中自有强中手。若论起哪个地方的面更好吃，山西陕西河南甘肃这几家估计会争个不亦乐乎。好在我走南闯北这么多年，嘴巴早就学乖了。到了哪家就说哪家好呗，吃人家的嘴软嘛。只是有一点儿骗不了自己，吃到的若不如意，便只能嘴上客气，真真的是口服心不服。

在山西吃面，每次都是口服心也服的。

1

第一次去山西，是到晋城。我老家焦作属于豫西北，和晋城搭界，开车不过半个小时，就能收到山西移动发来的问候短信。到晋城是去逛《康熙字典》总阅官、康熙老师陈廷敬的故居皇城相府，逛完了才十一点半，干脆去吃饭。随意进了一家小店，主打是刀削面。说来刀削面也无奇，在河南处处都有，只是从来没有见过面是怎么被刀削出来的。而在郑州那些售卖鲜面条的小店里，刀削面干脆就是压面机直接压出来的，是用特制的模具模拟着刀锋，在面的边缘压出两道参差有度的棱角。所以我常常怀疑，饭店里的刀削面也是如此。

这家小店却是可以参观的明档。话说我真是喜欢设有明档的饭店。品味美食是一种享受，欣赏厨师把美食做出来的过程又何尝不是另一种享受呢？但见小小的操作间里，一口水汽袅袅的大锅旁，一位穿白衣戴白帽的中年男人矮墩墩地立着，红黑脸膛，很壮实的样子，正聚精会神心无旁骛地削着面。仅看他的这个样子，就莫名其妙地让我觉得他是个削面的好手。

曾听山西的朋友很行家地讲述过刀削面的做法。面自然是第一要素。以水和面，水须是冬热夏凉春秋温，面和水的比例是面十水五或者说面二水一，和成面团后，用湿布盖住面，让面醒。一定得用湿布，不然面会起硬壳。根据季节醒个十到二十分钟，然后揉面。把揉好的面团塑成圆柱形，放在一方木案上，就可以开削。要格外注意的是，面的醒和揉一定都得适度，不能太殷勤，否则面会越来越软，软不好削。

这是我第一次看见削面，后来虽然也见过多次，但第一次总是难忘，所以记忆里也总是以这位师傅的姿势为准。只见他左臂托案，右手执刀，刀窄长，刃极薄。他右手四指握刀把，小拇指压于刀柄下，从面块里开始，一刀接一刀，刀起面出，如撒白鱼儿一样，面便一条连一条地飞奔入水——再也没有比这样的小鱼更爱沸水了吧？

朋友说，山西刀削面有流传甚广的口诀云：刀不离面，面不离刀，弯刀三棱，平刀扁条。还有一首人尽皆知的朗朗上口的俚曲来赞美削面的情景：

一叶落锅一叶飘，
一叶离面又出刀。
银鱼落水翻白浪，
柳叶乘风下树梢。

煮好了面，便端上来了卤。卤最少是荤素两种，一种是西红柿鸡蛋，一种是肉丁。口味复杂的就把荤素浇在一起。面和卤拌匀了，慢慢地挑起来，吃上一口，内虚外筋，细薄长韧。——你只能说好吃。这样的面，怎么能不好吃呢？等到十二点半我们出门时，这个店里的客人已经摩肩接踵了。

最近在本埠新闻里看到有家面馆设计了个简单的机器人，会用机械动作来削面。有吃货朋友打电话说去尝尝吧，我说不去。为啥？机器人这东西，一听就扫兴得很，败胃口嘛。

2

第二次去山西，在平遥古城，吃的是饸饹。

饸饹我老家也有。二十世纪九十年代初，很便宜，尤其是市郊的镇上，花上人民币一块钱就能狠狠地吃一大碗，我曾吃过两次，觉得口味一般就不再去了。那种小店就是价廉物不美，给的倒是多，堆到碗尖上。后来又在平顶山的郏县吃过，那里的饸饹就讲究多了，据说来源于陕西。早年间，此地有灾民逃荒到陕西夏县，夏县盛产荞麦，荞麦面性软，用来擀面条难度大，夏县人就很擅长做饸饹，他们的饸饹是用饸饹床来压的。所谓床，其实不大，只是因为前后都有腿，样子像床而已。床面是木板，中间有一个圆柱形洞，洞的底端是铁皮，铁皮上扎满小孔。饸饹床置于锅上，将揉好的面团放进圆洞中，用活塞运动的原理把面从小孔里挤压出来，直接流入锅中，煮熟后，配上美味的卤汁即成。郏县人在陕西学会了这门手艺，回到家乡后就做起了饸饹生意，大受欢迎。经过这么多年的逐渐改进，饸饹有荞麦面也有白面，卤汁有羊肉汤有牛肉汤也有牛羊杂碎汤，最讲究的，是红枣、茴香、花椒、肉桂、枸杞、麦冬等各色作料熬制的高汤，如果常吃的话，据说那食效接近于养胃健身包治百病的神品了。这种饸饹自然没有不好的，不过我印象最深的却是纯羊油熬制的辣椒。某一年，我在郏县吃完饸饹，带了一盒辣椒回到郑州，家常做面的时候抿一点儿放进去调味，整整吃了一年。

荞麦的种植历史已经有两千年，据有人考证说此食物在元代已经有了，元人王祯著的《农书·荞麦》中便有记载："北方山后，诸郡多种，治去皮壳，磨而为面……或作汤饼，谓之河漏。"河漏，即是饸饹。“玉叶翻盘薄，银丝出漏长。”这是元代诗人许有壬描述的饸饹佳句，可以作为佐证。明代李时珍则在《本草纲目》中描述：“荞麦南北皆有……磨而为面，作煎饼，配蒜食。或作汤饼，谓之河漏，以供常食，滑细如粉。”

山西陕西的吃食向来是近亲。山西也盛产荞麦，饸饹进入食单的年头应该不短于陕西。在平遥吃的饸饹仍是最经典的荞麦面。不知道是不是饿极了的缘故，觉得十分柔软绵长，简直是可口极了。尤其是香菜一放，香醋一加——嗯，是的，在山西吃饭，醋是顶顶重要的，是必须的。关于醋的金玉良言太多了，什么“家有二两醋，不用去药铺”“久在山西住，哪能不吃醋”。就连当年打仗的山西兵，也是“缴枪不缴醋葫芦”。

后来去太原和临汾出差，又吃了好几次饸饹。每次吃，不需要点别的菜，一碗即饱。不得不感叹，山西人民对这种吃食可是真爱啊。朋友告知详情：

在山西，因其绵长，所以被视为一种吉祥之面。老人做寿，婴儿满月，佳偶大婚，除夕守岁，都要吃的。民歌《你要是愿意咱相跟上》里还有如此动情的句子：

头一回见你难开口
我想那哥哥真难受
白生生荞面羊腥汤
你不嫌妹妹咱相跟上
热个腾腾锅里搅稠稀
你要是愿意咱一搭搭里

3

某年初夏去晋中，在一个镇上住了一晚。落脚停当，便出去找面馆。问了几个路人，推荐的门店都不一样。我们在窄窄的街上来回逛了两趟，按照经验，便进了人最多的那家。

这家的特色是剔尖。剔尖，这名字听着有点儿怪是吧，其实到了山西就知道，很多面食都是这种叫法。什么流尖、擦尖、抿尖、蘸尖……“尖”是指面食的形状。“尖”前面的这些动词，自然都是做法。

剔尖是晋中人的家常面，又称拨鱼。因饭店没有明档，又不好意思闯进人家厨房，只好听朋友说。朋友说剔尖的基本原理有点儿像刀削面，只是没有刀削面的阵仗大，面要和得更软一些，把和好的面置于板上，用竹签或铁签将面一根根剔出来，拨入锅内沸水中。煮熟后入碗，浇上菜或卤即可。因为面和得软，剔尖的口感便比刀削面滑嫩，也好消化一些。流尖呢，面要和得再软一些，顾名思义，是要让面流到锅里去的，连签也不必用，只用筷子牵着面就行。若是不软到那个份儿上，可怎么流呢？所以看着简单，其实也很考验主厨的手艺呢。

吃完了面，无事看菜单是我的一大爱好。看着听着，忍不住就笑起来。原来剔尖流尖什么的，还算是很正式的官称。耳边食客们对它们的叫法和官称还有一点儿区别，剔尖是剔尖尖，流尖是流尖尖，抿尖是抿尖尖，蘸尖是蘸尖尖，还有什么搓鱼鱼、捏钵钵、斜食食、蘸片片……如果用公式总结一下，那就是把最后的那个字重复了一遍，原本 AB 的，变成了 ABB。虽然只是这一点儿区别，口气里却很是添了些孩童的天真和少女的娇嗲。突然想起，我老家也有这种口语习惯，说特别香是老香香，特别贵是老贵贵……真不愧是山西的紧邻啊。

我最爱的山西民歌《桃花红杏花白》里也有这种风韵，桃花是“桃花花”，杏花是“杏花花”，曲调既忧伤又优美。

桃花花你就红来

杏花花你就白

爬山越岭我寻你来呀

啊格呀呀呆

榆树树你就开花

圪枝枝你就多

你的心眼比俺多呀

啊格呀呀呆

——其实，每当听到这首歌，我就很想喝上一口老陈醋，酸溜溜地把最后一段改一下，唱给山西人听：

白面面你就揉来

面条条就下锅

你的面食比俺多呀

啊格呀呀呆

……

关于月饼的几个词

1. 打

八月十五月儿明呀

爷爷为我打月饼呀

月饼圆圆甜又香啊

一块月饼一片情啊

……

这首儿歌是我很小的时候听到的，迄今为止似乎也只听到过这么一首关于月饼的儿歌。第一次听我就有了疑问：为什么是打月饼呢？打月饼，月饼它不疼吗？

慢慢长大，这疑问也慢慢跟着长大：油饼是烙，煎饼是摊，这都是眼见为实的。月饼则是打，到底是怎么打的呢？

便有内行的朋友告诉我：过去做月饼很烦琐。要打馅，馅里有核桃、冰糖，这些都要打碎的。还要打皮儿。皮儿要打得很结实和筋道，需要用杠子打压。最后把准备齐整的面和馅料填到木模子里，蒸，蒸好的月饼因为热胀冷缩满满地卡在那里，要敲打半天才会出来。打，贯穿了月饼制作的整个过程。所以是打。

这说的显然是北方月饼。

木模子用的是什么木？

枣木。

为什么用枣木？

因为枣木不容易变形，还因为枣木吸油。蒸月饼要在模子里先刷油的。枣木模子吸油性好，等到打过了今年的月饼，很容易就能把它刷得干干净净，明年拿出来再用，像大理石一样，光滑润洁，绝不生虫。

打，这个动词用在这里可真好啊。那么有力量，那么有场面感，让我一听就心生欢喜。

——饮食行业里的很多动词都选得极其好，那次，我听一个名厨聊狮子头，简直是字字珠玑："狮子头是个淮扬菜，看着简单，吃着也简单，做起来可不简单。我们行内不说做狮子头，叫摔狮子头。先把肥四瘦六的五花肉切成石榴籽大小，形状均匀，不粘不连，再加入南荠丁和蟹黄，加鸡蛋、粉芡、盐和胡椒等调味料，然后用筷子摔打成剂，再烧开高汤生氽，这样一道狮子头，没有两个钟头不成。这样摔出来的狮子头也才醇厚不腻，酥嫩入口。有个老主顾，喜欢我做的狮子头，得了重病，临死前两天医生说他想吃啥就吃啥，他就让人捎话给我，说想让我再给他摔个狮子头吃。我就给他摔了个狮子头。他这走得就圆满了。”

2. 悲伤

16 岁那年。我已经离家读书。那一年的中秋来得早，和国庆隔了几天，所以没有放假，全班同学得以在一起过节。不知道谁出的主意，最后决定到山上去过中秋之夜。山名凤凰山，与学校遥遥对望，山头满是小小的松柏。没事的时候同学们就会去山上遛一圈，那是我们的小小乐园。

黄昏时分，我们整队出发，突然有人叫我，一看，是大哥来了。他手里提的东西，大约是月饼。他说他到市里办事，顺便来看看我。我连忙把他领到宿舍，到门口才发现没拿钥匙。大哥把月饼递给我就要回去，我送他下楼，看着他的背影，当着全班同学的面突然哭了起来，任谁都劝不住。有人感叹我们兄妹情深，却没有人知道，大哥的背影让我想起了去世不久的父亲。我的父亲，他再也看不到月亮了。任何月亮。

然后，我们来到了山上。在山顶的一处平坡，我们席地而坐。月亮渐渐地升了起来，有人唱歌，有人笑闹，而我始终沉默。山下是万家灯火，头顶是皎洁月色，我的心却空旷而忧伤。我第一次感觉到，原来这象征着团圆美满的佳节，居然有着如此刺骨的凄凉。

那年中秋的月饼，是我吃过的最悲伤的月饼。我一边吃，一边哭。哭得吃不下了，就停一会儿，然后接着吃。也许是泪水的缘故，那月饼不好吃。可是我舍不得扔掉。怎么能扔掉呢？

后来母亲和祖母先后离世，我的悲伤都再没有那么沉痛过——也许和幸福一样，连悲伤都是第一次最为刻骨铭心。随着年龄的增长，我们的感受力会在某种程度上减弱甚至免疫。有时候，我们把它称之为坚强。

3. 五仁

所有月饼的种类里，我最喜欢五仁。一盒月饼打开，最先寻找的就是五仁。

“五仁月饼是汉族传统糕点之一，属于广式月饼的一种，在中秋节各式月饼中最为著名。它具有配料考究、皮薄馅多、味美可口、不易破碎、便于携带等特点……边缘呈象牙色，底面棕红色；口味香甜，绵软带酥，有多种果仁香味。”

读着百度百科这样的介绍，口水都要流出来了。

莫名其妙地，这几年来，将近中秋的时候，网上都会兴起一股讨伐“五仁”的风潮，说什么“五仁月饼太难吃，不配存活在世上”“恨一个人又不想得罪他，就送他五仁月饼难吃死他”。这后一条让我爆笑。如果有人因此而送我五仁月饼，我会想办法让他越来越恨我呢。

为什么会这么恨五仁呢？不能理解。在这件事上，我终于明白了人和人之间就是有一种不可沟通性。

——值得欣快的是，也并不缺少知音。

“五仁月饼为什么被人嫌弃？因为它普通却成本高，因为它传统没新意，因为它默默陪伴一代又一代的人们过或凄凉或团圆的中秋节。莲蓉可以用土豆和香精制作，豆沙可以用咖啡渣和香精制作……各种水果月饼可以用坏掉的水果渣和香精制作，连黑芝麻月饼都不能保证是没染色的芝麻。只有五仁月饼，瓜子就是瓜子，花生就是花生，核桃就是核桃，冰糖就是冰糖，掰开看看怎么都造不了假。也许这就是五仁被讨厌的原因吧，现世不就这样，越实在，越被嫌弃。”

嗯，这个应答可以得满分。

4. 酥皮

除了五仁，便是酥皮。或者说，我最喜欢的是酥皮五仁。清人袁枚《随园食单》为它做过一个硬广告："酥皮月饼，以松仁、核桃仁、瓜子仁和冰糖、猪油作馅，食之不觉甜而香松柔腻，迥异寻常。"

酥，本身就是一个非常美好的词。酥脆，酥麻，酥软，酥松，酥甜，酥香……都是酥美。吃酥皮的时候，眼看着那些酥皮如雪花般落下来，落在桌子上，衣服上，我都会珍惜地捡起来，一点一点很有耐心地把它们吃掉，统统吃掉。这么吃的时候，我觉得自己非常丰足和富有。

曾在毕淑敏那里读到过一个酥皮月饼的故事：某村张老汉祖传打月饼的手艺，尤其是酥皮和自来红。酥皮就是酥皮，自来红嘛，就是冰糖加上红丝，比酥皮贵点硬点。张老汉从大年初一开始打月饼，却不急着卖，立秋之后才赶集，让月饼上市。因对于穷人而言，月饼是很奢侈的零食，不到节下他们就不会买。尤其是八月十四，张老汉的月饼就卖到了高潮。这一年，因天灾，庄稼歉收，穷人更穷，张老汉的月饼没有卖完，回家的夜路上，又遇到了劫匪。张老汉颇有功夫，躲过了劫匪的袭击，并用防身利器反击。“只把匪人的眉棱处削掉一角，顿时鲜血封了他的眼。”

劫匪讨饶，同时求饼。原来打劫只是为了月饼，因他从没有尝过张老汉的月饼。张老汉就给了劫匪一块自来红。重点来了——“匪徒……走了几步，又回转身来，说：‘爷爷只给了小的自来红，还没给酥皮呢。’张老汉叹了口气说：‘酥皮你已经吃过了。’匪徒说：‘爷爷一定是记错了。’张老汉说：‘哪里会记错！刚才打你，用的就是酥皮。要是换了自来红，你早就没命了。’”

打人用便宜的酥皮，送人则是贵的自来红。这故事讲得真是让人爱。当然我也爱极了故事里的张老汉。

5. 沉

又是一年中秋在即，又到了吃月饼的时候。一晃已经吃了四十多年的月饼，已然人到中秋。在我之前，有多少人吃过多少月饼呢？南宋吴自牧《梦粱录》里有了“月饼”一词，明代的《西湖游览志余》对中秋赏月吃月饼有了记载：“八月十五日谓之中秋，民间以月饼相遗，取团圆之义。”而到清代，中秋吃月饼已成为民间风俗……如若把《春江花月夜》里的“江月”改为“月饼”，这几句就变成了这样：“人生代代无穷已，月饼年年只相似。不知月饼待何人，但见长江送流水。”

离中秋还有一个月，就已经开始收到月饼。好利来、稻香村、香雪儿、元祖，蛋黄、枣泥、火腿、鲜花……各种各样的牌子和品类从天南海北汇寄过来，大都是杂志社和出版社的心意。

不由得想起小时候的月饼。中秋节是个仅次于春节的大节日，要走一些重要的亲戚。月饼很贵，先供走亲戚用。没有什么精致的包装，不过是牛皮纸包好，最上面封上一块红纸，红纸上大多没字，讲究些的才有字。若是两个字便是“月饼”，若是四个字便是“中秋月饼”。更高级些的是红纸上还印图，不是“花好月圆”便是“嫦娥奔月”。我们便是拎着这样的月饼走亲戚，走完了亲戚也便到了八月十五，剩下的月饼才可以吃。它们已经变得硬邦邦的，但到底是月饼。一家人围着，每个人分半块。

奶奶经常只吃一点。

“不能多吃，沉。”她说。

沉，是形容词，也是动词。沉在胃里，不走。

那时候真是小啊，根本不怕“沉”，总怕没得吃，便吃了玩，玩了吃。还会很腹黑地藏起来一些，留着以后偷偷吃。

如今早不再藏了。琳琅满目的月饼被包装得新雅奇巧，每年都早早来吊我的胃口。因是中秋，因是月饼，总带着些和月有关的文艺范儿："月是故乡明""月光曲""岁月静好"……然而，却再也吃不了多少月饼了。因知道了什么是"沉"。

——月饼本身沉于胃，月饼之外的东西，沉于心。

油泼面哲学

1

近日追剧《白鹿原》。陈忠实先生的原著沉雄厚重，自不必说。但再好的文学经典到了影视行当就被念歪也算是一种常态，尤其是这样史诗级的作品。毕竟影视是外在表达，且是多方力量合作，有其必然的艺术规律。所以想要既不失原著本味又有特别创新，难度可想而知。但这电视剧版的《白鹿原》居然做到了。凛然如山的白嘉轩，温良如水的仙草，无赖且蠢萌的鹿子霖……我只能边看边感叹：业界良心，不负众望啊。

——其实边看还边流口水，因为里面处处都是红光闪闪的油泼面，一看就恨不得下载到碗里。《白鹿原》剧组爆料幕后花絮时，很自豪地给出了一个数据，为了拍摄剧中吃面的场景，剧组准备了两千斤面粉，全剧大概做了五六千碗面。

第一集就有吃面的戏。来自仙草。白嘉轩把昏倒在雪地里的仙草救回家，仙草身体康复后做的第一件事就是给全家人做油泼面，有感恩的意思，也有展示手艺期待能留在白家终身有靠的意思，当然最重要的还是对白嘉轩的爱慕，所以这碗面是重头戏。镜头虽然切得飞快，依然可以看到每个步骤都扎实讲究。但见仙草摇曳着曼妙的身影和面，擀面，下面，泼油……

我的工作餐食单里，最常吃的就是油泼面。因为单位附近有家我很钟情的面馆，叫班记油泼面。我第一次路过这家店时正值饭点，就毫不犹豫地拐进去吃了一碗面。为什么？因为里面人多。对于陌生饭店的手艺水准，这几乎成了我判断的唯一法则，尤其是这种中低档消费的平民饭店。这样的饭店必须依靠人气才能生存，而必须价廉物美才能有人气。所以，选择这种饭店，总是错不了。

十五块钱一碗，这价格令点单毫无心理负担。顺便到卖凉菜的橱窗瞟了一眼，菜式很普通，这让我心里更有了谱，断定他家的油泼面一定好吃。菜式的普通其实赤裸裸地彰显了店主的自信：咱赚钱不靠菜，就靠面。这面就是顶梁柱！环顾近百平方米的店面，满眼全是客，没有包间。被安排了个座位坐下，和其他人拼了个四人台。四个人谁也不认识谁，也不聊天，只是看手机，等面。好吧，这更毫无悬念地证明了面的好——这么多人来这里，不为喝酒，不为吃菜，纯粹为的就是吃这碗面。

跑堂的小厮过来，每人面前放一个不锈钢小碗，先倒一碗面汤。这真是地道的吃面规矩，原汤化原食。原食还没来，就先来原汤垫垫底儿也挺不错。喝着面汤，看着伙计们端着面过来，也不用托盘，只用手端，每个伙计都能托四碗面。是很大的不锈钢碗，如果是普通托盘恐怕只能放两碗，用大托盘呢，又得架着胳膊端，很占通道的地方——因为摆的台太密集，通道很窄。所以这样竟然是最科学的：两手各托一碗，胳膊往中间合拢着再托上两碗。那么热的面，不烫吗？还真不烫，因为喝着汤就知道，这不锈钢碗是双层的。

终于，面来了。宽宽的面在碗里，像一个嫩生生的女子。白色的面，绿色的菜，红色的辣椒面，一层淡淡的金色的油，看着就悦目。这面是要趁着热气赶快拌的，我就连忙拌。从底下往上拌啊，拌啊，把碗底埋着的深红色的肉丁拌上来，拌匀和——热腾腾的香气，喷涌而至。

那碗筋道柔韧的面，我吃了很久，足有半个小时。这么香的面，必须得慢慢吃。对了，我还加了点儿醋。这么香的面，必须得加点儿醋。还有一点儿很有意思，这面必须得吃两口就拌一拌，吃两口就拌一拌，你忍不住要去拌它，它越拌就越好看，越拌还越多。越拌你就越觉得，这么好的面，真就该这么吃呀。

2

炎炎暑热，蜗居在家。儿子高中毕业，即将出国留学，突然很伤感地预知到了漫长的西餐生涯马上开始，对中餐便格外留恋起来。作为河南小子，面也是他的挚爱。于是近日，每当我下厨房做面，他便很动感情地跟到厨房去看，顺便给我打打下手。

“今天吃啥？”

“油泼面。”

“以前没做过呀。”

“凡事总有第一次嘛。”

“怎么做？”

“不知道。”

“啊？”

“快上网查呀。”

外表镇定自若，内心窃笑不止。嗯，这就是本厨师的做派。当然也不是空手套白狼，我已备了最基本的食材：烩面片。在烩面馆遍地开花的大郑州，几乎每个超市的半成品食物柜台里都备有烩面片。它们被一片片地放在那里，用保鲜膜裹着。买回家，即下即食，方便得很，专业得很，也便宜得很，才五毛钱一片。

“辅料：娃娃菜、蒸鱼豉油、芝麻、豆苗、干辣椒面……”在网上查得资料，儿子开始一五一十地念，然后犹疑地看着我，“家里都有吧？”

“都没有。”

“那咋做？”

“有别的呀。”

没有娃娃菜，但有空心菜。没有蒸鱼豉油，但有花生油。没有豆苗，但昨天买的绿豆芽还剩下半份。至于辣椒面嘛，那不是红辣椒嘛，你来把它剁成面儿吧。

“妈妈，你不正规，不严谨。”已经确定了大学专业方向的理工男说。

“我就不正规，就不严谨。咋地？”

他无语了。

两个灶口同开，一个放水坐大锅准备煮面，一个灶口放上小锅，水开了之后焯豆芽。豆芽焯完，又把空心菜烫了一下，把这两样都沥净水。然后就是炒肉。把酱肉切成碎丁爆炒。我炒得很快，将它们在锅里翻了几下就装盘了，用了大约一分钟时间。

“也太快了吧。”

我便对他解释，因为酱肉本来就是熟的，且已经切成了碎丁，所以快炒就行。只是油要少放，因为待会儿还要用油再泼一次面，炒肉的油放太多这面就腻了。为什么切成碎丁呢，因为越碎食材和调料的接触面就越多，食材的美味也就越容易被激发。这下子你知道芹菜啊黄瓜啊葱段啊为啥都要斜着刀口切了吧。你以为是为了好看呀。

炒完肉，大锅的水也开了，往水里放一点儿盐，这样大滚起来不容易漕锅。然后开始扯面，下面。面下进锅，火力调小，总得煮个三两分钟吧。正好切葱花，把辣椒剁成面儿。做着这些零碎活儿，同时支使儿子去储藏室拿点儿大蒜。

“妈妈，我拿了两瓣蒜。”

我瞄了一眼，纠正他：“这不是两瓣蒜，这是两头蒜。这种整蒜的量词是头，知道了吧？”

“嗯。”

3

面煮好了。我又擅自加了一道工序：过水。热面容易粘在一起，过了水就不会了。有人喜欢过凉水，可是如果面太凉，油又太热，那情形我无法想象。保守起见，我过的是七八十度的热水。

然后是一层层地码料。先在碗底铺上肉丁，他的多，我的少。他正是馋的时候。肉丁上面是煮好的面，豆芽和空心菜已经拌在了面里，面上放辣椒面，再放一点点翠生生的香菜。

万事俱备，就等最后一道工序，油泼。

油当然得是热油。可是只把油烧热就行吗？当然不。油进了锅，要放花椒。要让花椒的香味进到油里，再把榨完了香味的花椒捞出去——过河拆桥，就是这个意思了。油热到冒了烟，关火。这时候可以泼了吗？当然不。油泼面，油泼面，最后这一泼是关键。岂止是关键，乃是关键中的关键。网上有行家提醒，热油直接泼上去，辣椒面会苦的，要稍微凉上几秒钟。好饭不怕晚，哪里急在这几秒呢。

泼完的一瞬间，油泼面特有的香味扑面而来。

"好吃吗？"

"真好吃，太好吃，最好吃。"

"不正规不严谨也很好吃的，知道了吧？"

"嗯。"

"真""太""最"这三个字用得好，让我的心情如喝蜜一样甜。当然我很清楚地感受到了他表情的虚浮和语气的夸张，可是我泰然受用。谁让我是他妈妈呢，妈妈做的面嘛，必须是这种待遇，必须得到至高赞美，毋庸置疑。

吃得满头大汗，过瘾。

饭后聊天，又和儿子谈起了正规严谨的话题。我说我放心的是你的正规严谨，不放心的是你太正规严谨。正规严谨在学问和工作中当然都是可以的，但是生活中的很多事就不能，得根据情况学会适当地变通，否则就是古板迂腐。《论语》中有言，"深则厉，浅则揭"，水浅的时候撩衣过河，水深的时候再撩衣裳有啥用，干脆穿着过吧，就是这个意思。

所以油泼面完全可以因势就形地来做。如果嘴巴正上火，就可以不放辣椒面；如果没有肉，也可以配素卤。不喜欢绿豆芽就可以放黄豆芽或者不放什么豆芽，你不是喜欢金针菇嘛，就放金针菇好了。

“那就没个基本原则了？”

“基本原则当然有。咱还比如油泼面，基本原则就是油和面。你拿油去泼大米饭，那就不能叫油泼面吧。”

他欣慰地点头：“有基本原则就好。”

做完了这顿饭，我对油泼面信心满满。晚上吃货女友来电，我便对她大言不惭地炫耀，说从今以后，我这个主妇决定把油泼面作为自己面食系列里的招牌，这个坏家伙促狭道：“油泼面是你这个主妇的招牌……那我给你起个昵称吧。”

“好啊，啥？”

“泼妇。”

啊呸。

饼的事

1

年近四十的时候，我学会了做鸡蛋饼。只在早晨。

一点儿面粉，一点儿盐，一点儿水，把这些搅拌成均匀的面汁，打一个鸡蛋进去，继续搅拌成微黄的鸡蛋面汁。然后开火，放上平底儿煎锅，倒上一点儿油，把鸡蛋面汁摊到锅里。面汁起初不会流淌成自然的圆形，厚薄也不一致，这都没关系，待它们在锅里稍微定型之后，持起锅柄，高高低低左左右右地让锅侧转，还没有凝结的厚面汁便因器随形地流淌着，终会成就出一个相对完美的饼状。而原本微黄的颜色也因逐渐升高的油温的激发，变成了赏心悦目的金黄色。

再然后，翻到另一面。此时的饼已经八成熟。把火调小，侧耳倾听儿子在卫生间的响动，让饼的进程和他的进程保持同步。待听到青春期男孩子以特有的强大力道发出的响亮的咕嘟咕嘟的漱口声，知道他的洗漱工程即将完毕，便撒上一点儿极碎的小葱叶儿来调色，之后将饼出锅，盛在白瓷盘里，端到餐桌上。当然，不能忘了在调味碟里斟上一点儿醋一并呈上。凌晨六点，食欲也还在休眠中，这点儿酸能有效地把味蕾唤醒。

一张这样的饼，配上大米粥、小米粥或者玉米粥，以及一份翠绿的凉调黄瓜，这是我这个愚笨的母亲能给儿子拿出的最日常的早餐。在这份早餐里，粥里的水分太多，菜呢毕竟是菜，相比之下，饼就成了最重要的能量担当。

还有一种鸡蛋饼，是我怎么学也学不会的。它的全称是“鸡蛋灌饼”，被人们简称为鸡蛋饼。省略的这个“灌”字，就是它的核心技术。在河南，据说做鸡蛋灌饼最好的名号是开封的“王馍头”。他家的小吃三绝就是“拉面、菜盒、鸡蛋灌饼”，人们都说，在开封，如果谁没听说过王馍头，那他一定算不得一个真正的老开封人。

他家的鸡蛋灌饼绝在哪里？无他，就是这个灌字。我去吃过。别的只能灌在中间，王馍头的鸡蛋灌饼却能一直跑到饼的最边边儿上，那个分寸太微妙了，稍微过一点儿就无法保持，可是人家就是一点儿也不会过，且外皮焦脆，内里软嫩。

在我们豫北，午餐基本是面，饼便是早晚餐最重要的面食，是另一种意义的馒头，只是比馒头要奢侈。因为：一、馒头一旦蒸好，是可以放上几天而不改其味的，饼则是即做即吃，即吃即好。一旦迟滞就会失了美味。二、饼需要用油。幼年时候，家境清寒，油是贵重之物。有俗语云：“庄稼一枝花，全靠肥当家。”被主厨的祖母窜改成了“饼是一枝花，全靠油当家”。一年里，她老人家便很少做饼。无论是葱油饼还是千层饼，都很费油，她舍不得。

当然，也有无须用油的饼，那饼就是最朴素最简单的白面饼。

2

饼还分烫面饼和死面饼。一位擅长面点的河北朋友就曾如此活色生香地对我教诲过烫面饼的做法：“……昨儿我做了个烫面饼，可好吃。烫面饼好啊，好消化，对胃好。咱这边不都喜欢用冷水和面吗，那就是死面饼。死面饼硬，不好消化，对胃不好。烫面饼呢就是用开水和面，放了开水，放了面，用筷子搅啊搅啊搅啊……用手和，那不得把手烫了？

不成烫面饼，成烫手饼了，呵呵。

“烫面饼对胃好，不过这也是河南人的吃法，我河北娘家那边都是吃死面饼。他们为啥吃死面饼，又有一说。他们吃死面饼不是为了吃死面饼。每次做饼，他们都做得可多，就是没打算吃完，剩下的怎么办？做炒饼啊，烩饼啊，焖饼啊。做炒饼的最多。圆白菜切成丝，青红椒切成丝，绿豆芽也是黄金搭档……”

饼还分发面饼和不发面饼。发面饼是需要放酵母粉的，最好再放点儿白糖，用温水和面。这样做出的饼松软酥香，也很好消化。

发酵粉，这让我想起那部电视剧《我的名字叫金三顺》，这是我最喜欢的韩剧。金三顺，这个来自底层人家的平凡得掉渣儿的女孩，这个三十岁的职业蛋糕师，性格粗线条，刚刚被相处三年的初恋情人抛弃，又被年轻的老板拿来当爱情炮灰……她似乎一直都是别人的笑料，但是她勇敢，天真，乐观，简单，倔强。正如与她假戏真做的钻石王老五玄振轩所言：“她是用自己的双手努力实现梦想的女孩。她知道自己的处境，她知道在这世上自己该做的是什么，以后该怎么活下去。她有着健康的价值观和思考方式，是个明快的女孩。”正因为三顺如此的人格魅力，玄振轩才毅然斩断了与前女友熙真的旧情，投入了三顺的怀抱。当熙真说：“她现在闪烁着光芒，可过一段时间你就会忘记，像我们现在这样。那你也还要去爱她吗？”他的回答是百分之百的三顺风格：“虽然人都知道自己将来一定会死，但是现在也还是一定会好好活下去。”

关于面粉，三顺曾在工作日志里如此自白：“面按用途分为两种：放发酵粉和没放发酵粉，放发酵粉的面粉会很快发酵，而没放的时候面粉会自我呼吸……我要做没放发酵粉的人！”

嗯，如果我的人生没有福气获得发酵粉——回想起来我获赠的发酵粉还挺多的，这个假设真有点儿矫情——那么，我也要表一点儿励志的态度：没有发酵粉的人生，我也会努力经营的。

3

十几年前，在县城生活的时候，家附近的小巷口有一家卖烧饼的小店。因为经常打交道，烧饼店的女老板和我很熟。她的烧饼口碑很好，面揉得很筋道，烤得也金黄焦脆，香气十足。更让我留恋的是她熬的热豆腐串，一块钱两个，夹在烧饼里吃，简直是让人百品不厌。每次去买烧饼，我都要买上一个。

买过烧饼，我便和女老板照例扯一会儿闲话。正说着，一个收破烂儿的老人在我们身边停了下来，递给女老板一张皱巴巴的贰圆钞票。女老板很快给他装好了一摞烧饼。他拿在手里，打量了一下，似乎想查一查数。

“别查了，老规矩，九个。”女老板笑道。

他笑了笑，走了。

“你多给了他一个呀。”我犹豫了一下，虽然觉得收破烂儿的挺可怜，但转念一想，他又不差这一个烧饼，于是还是忍不住提醒女老板。

“每次我都多给他一个。”没想到女老板很平静。

“为什么？”

“多给他一个烧饼，你也眼馋？”女老板开玩笑。

“那当然。”我也笑了，“一样都是消费者，为什么优惠他？”

“不仅是他，所有干苦活儿的人来买，我都会多给一个。”女老板叹口气，“他们不容易啊。”

“我也不容易啊。”

“你要是真不容易，就不会每次都吃豆腐串儿了。”女老板白我一眼，“你每次都吃，那是你觉得一块钱不算什么。可是在他们眼里，一块钱的豆腐串可没有一块钱的烧饼实惠。他们绝不会拿这一块钱去买豆腐串，只可能去买烧饼。因为这一块钱是他们打一百块煤球拾二十斤纸才能够挣来的。所以，在他们面前，你可真的是没有资格说不容易。”

在她的申辩声里，收破烂的人已经走远了。我也笑着告辞。握着手里温热的烧饼，我心里充满了一种无以言说的感动。女老板话里所含着的朴素的道理和朴实的逻辑，让我不但无条件地认同，并且，还有一种深深的喜悦。

“多给他一个烧饼，你也眼馋？”我又想起了女老板的话。不，我不是眼馋，而是心馋。我甚至有些嫉妒。我羡慕这种底层人与底层人之间所拥有的高尚的怜悯、同情和理解。我在意这种不为任何功利所侵入的馈赠和关爱。

如果，将来我遭遇到了生活任何形式的打击和颠覆，但愿我也会拥有这样一个珍贵的烧饼。当然，它的形式绝不仅仅限于一个小小的烧饼。

4

还听过一个油饼的故事，是一位文学前辈老师讲给我听的，发生在他出生那天，而他又是从他的祖母那里听来的。老太太讲得实在是好，容我转载如下：

> 那天（1943 年 1 月 8 日）天刚亮，外头就有人喊“鬼子来了，鬼子快进村了”！真是晴天霹雳啊！无恶不作的日本鬼子从据点出来就是扫荡啊！小鬼子是野兽，没有人性啊！到哪儿都是“三光”（抢光、杀光、烧光）啊！该千刀杀的鬼子怎么这时候来了啊！正是你要出生的时候。家里只有我和你娘。我怕你的小命要葬送到小鬼子的手里，

我更怕你娘月子里有了好歹。听说鬼子已经从村东头进来了，你娘紧张、害怕，我更紧张。就因为紧张，还没准备好，你哇哇地落地了。这怎么办呢？日本鬼子是什么都能干得出来的啊！得跑啊！再怎么也得到野坟地躲一躲。可十冬腊月，你娘俩受了风寒怎么办啊？真是左也怕右也怕。但思来想去，走一步说一步，先躲过鬼子的刺刀再说。也是急中生智，也是没有办法的办法，我急急忙忙烙了两个又厚又大的油饼，用蒸馍的笼布包起来，让你娘前胸贴一个，后背贴一个，然后用带子勒上。用它抵御腊月里野地的风寒，也能用它来挡饥。就是这样，我们抱着你，在野地坟间冻了一天一夜。直等到看见日本鬼子驮着粮食，赶着牲口，狼烟动地地出了村，知道那是扫荡完了，然后才回到家里。幸好你的命大，活了下来。可你娘从此落下了毛病。

每当想起那两张油饼，我都觉得，它们一定是这个世界上最珍贵、最温暖和最愤怒的油饼了。

爆米花

那天，小区的门口来了一个做爆米花的老头。老头不胖不瘦，不高不矮，穿着深蓝色的中山装，深蓝色的裤子，头上戴着一顶深蓝色的呢子干部帽。他把三轮车扎好，取下东西就开始忙活起来：一个炭炉子，一个风箱，一个大号的塑料水杯，一大一小两个红色的塑料盆，一个小马扎，一个中间鼓两头尖的带着手柄的黑转锅，一个上边是黑铁桶下边是黑麻袋的物事，外加一个银光闪闪的大方白铁盒……琳琅满目。后几样东西初看起来都是有些怪异的，不过我对它们的用处可是知道得一清二楚。

黑转锅是爆米花的主要武器，黑麻袋是爆米花刚出锅时盛放的用具，大方铁盒嘛，是用来做大米糕的。

顾客很快聚拢了过来，十有八九都是做大米糕的。转锅是高压转锅。老头把大米装进转锅里，拧紧盖子，就开始一手拉风箱，一手摇转锅，他拉啊拉，摇啊摇，一边拉摇一边看着手柄上的气压表，一般快到十分钟的样子，气压就足了，老头就不慌不忙地站起来，把烧得肚皮白亮的转锅从炭炉上取下，锅口对准上铁桶下麻袋的那件黑物事——这时候就知道麻袋上面是铁桶的用处了：只有这么厚的铁皮才能耐得住转锅的高温啊。对准了铁桶，老头就用一根铁撬杠稳稳地插进锅口的阀门开关上，身子微微后倾，静一静，聚聚神，然后突然用力一揣。

轰！

一声震响，黑麻袋便在这一瞬间被气浪充起，鼓囊囊，饱涨涨。与此同时，老头的脚下腾起一阵白云般的缭绕气雾，一股浓烈的芳香便在空气中弥漫开来。

在芳香里，老头迅速地解开麻袋尾部的绳子，把米花倒进大红塑料盆中。接着他在炭炉上坐上一个小铁锅，把油倒进去，又把糖放进去，开始熬糖稀。等熬得糖稀泛着白沫滚滚热的时候，他就把糖稀倒进红塑料盆里，和大米花搅拌起来。搅拌匀了，就把这些又软又热的混合品倒进那个大方白铁盒子里。然后，他拿出一个大大的带手柄的木片，把大米花在白铁盒子里一一压瓷实。这就成了大米糕，下面的事情就是等大米糕在铁盒里冷却坚硬之后，再用刀子把定型了的大米花一一割成小块，给主顾装进黑色的塑料袋里。这一锅才算彻底完工。

老头在众人的目光中一五一十地进行着这一切程序。等待着的主顾们有些无聊，就会说起往日的爆米花。都是在乡下待过的，都有过在乡村生活的历史，对爆米花自然也都有记忆。

“那时候来我们村做爆米花的那个人总穿着一件

黑棉袄，骑着个二八的飞鸽车，车的后座上是两个大筐，筐里装着这些设备。然后我们就排队。大人们没空，只有小孩子排。那时候爆的都是玉米……”

“爆玉米，两毛钱一锅。放糖精再加一毛。”

“那时候大米金贵啊。一个月一人只能买一斤大米，谁敢拿它去做零嘴吃。”

……

当大米进了转锅，刚开始摇的时候，老头都要抽个空去切割白铁方盒子里上一锅已经凝固的米糕。怎么抽空呢？就是命令本锅的主顾来替他摇两把。有的主顾会说没摇过，害怕，他就韧韧道：“不难。”然后顿一顿，又道：“你们再不过来摇，米花就焦煳了。”于是那些主顾就连忙坐在那里，兴致勃勃地摇上几把。——有兴致来做爆米花的人，原本也都是有些孩子气的。

然而一上手就知道，这个活并不像想象的那么简单。风箱是一里一外的直线，转锅是圆打圆的环线。等于说一手画圆，一手画线。路数不同，劲不能一顺儿去使，实在还是讲究技术的。有的两手一齐画圆，有的两手一齐画直线。两手画圆的时候风箱受不住，两手画直线的时候简直要把转锅从炭炉上揪下来。男人们做这个活稍微强一些，女人们却是不行。于是不时会有个细细的声音惊叫着从小马扎上逃起来，踉踉跄跄地说："不中啊，不中。"

于是人们就哄地笑了。

那天，下了大雪。纷纷扬扬的雪中，老头一如既往地忙碌着，他的帽子白了，帽子盖不住的那些头发梢也白了，衣服上挂着一层梨花。围在炭炉边的人们一边听着风箱的响动，一边清清楚楚地看见一个一个的雪片义无反顾地投身到炭炉蓝紫色的火焰中，一瞬间就和火融在了一起。这雪花也有个去处呢。我忽然想：这个做爆米花的老头，他住在哪里呢？当这个偌大的城市打了烊，所有的街巷都寂静了下来，这个异乡口音的老头，他会去哪里呢？

薄荷一样美好的事

那天，我给静打电话，照例先问她在哪里。

“我在地里！”她说，“我在地里摘薄荷！”她爽朗的口气真的如同农妇，“明天给你带一些。”

多年前，他们夫妇就在郊区租了一小块地，先生在地里养盆景树，她则在树的空隙间种各种各样的时令蔬菜和农作物，茄子、黄瓜、西红柿、豆角、东北黏玉米、红薯、大豆……还有薄荷。其中薄荷最多，也是最好养的。今年是孤零零的一棵，明年就是绿茵茵的一片。摘回家后泡水喝，拌凉菜吃，都很好。“每天孩子带水杯上学，我就在她的杯子里放几片薄荷。”在我们的城市里，居然还有这样的孩子，她书包侧袋的水杯里，居然泡着几片新鲜的翠绿的薄荷，一想到这里我就会感动莫名。

我也喜欢薄荷。小时候，家乡的小河边，常常一丛丛地生长着薄荷，手指未至，清凉已来。采一片噙在唇间，那种芬芳和凉麻久久不散。噙着噙着，就忍不住将那一团软碧吞了下去，直到晚间睡去，那种芬芳和凉麻还能浸入梦乡。

第二天，我赴静之约，去她的单位取薄荷。春天的阳光也如薄荷一样清新，而骑车时带起的风也如薄荷一样透爽，我忽然发现这是一件多么美好的事——我是去取薄荷。在这个芸芸众生都忙忙碌碌的早晨，在为名忙为利忙为生计忙为欲望忙的熙熙攘攘的人流里，我的目标居然是一袋翠绿如玉的薄荷！

到静的单位，简单叙谈，取到薄荷。因为前两天都是大雨，薄荷叶上面满是浅浅的泥点。静说她还给同事挖了几株带着泥根的薄荷，因为同事受她的影响也喜欢上了薄荷……“我摘薄荷的时候很小心，很慢。当然得这样，因为薄荷的生长程度不同，有的像小孩子还没长成人，那就不能乱采，只有已经成熟的，才能动它……”讲述着薄荷的她神采奕奕，我忽然发现这个浑身散发着薄荷香味的女子，是那么美丽。

郊外的那片租地，静每周去那里两次，开车半个小时。而我呢，骑车十五分钟来她这里取薄荷，为薄荷聊天半个小时。——不是大惊小怪的矫情，也不是故弄玄虚的小资，我们都是经历过一些事情的人，唯其如此，在这沧桑的人世，这些薄荷，这些薄荷一样美好的事，这些如薄荷一样清香简单的事，如音乐，如电影，如童年的山岗和少年的相思，都是我们的精神之肺。它的存在让我们的心柔软如棉，奔流如溪，灵澈如泉。也唯其如此，我才会因为薄荷——仅仅只因为薄荷，而觉得格外欢欣和幸福。

载着薄荷回家，如同载着一袋珠宝。可爱的薄荷，亲爱的薄荷，心爱的薄荷啊，此刻，我愿意赋予它一切激情的赞美——因它对我的珍贵悸动，如同爱情。

家常饭

1

在视力尚且朦胧的时候，粉嫩如花的小嘴就急切地张开，准确地迎向温软的乳房。那里正储蓄着丰满醇厚的奶香。——我看着怀抱里小小的儿子，仿佛看到了自己当年。当年的我，一定就是以这样的情态面对着母亲的乳房吧？母亲的乳房，最初的饭碗，最早的厨房，这里存放着我们人生的第一份食物。奶，水，芬芳的流质，温暖的液体。人生的第一份食物就是这么历历可数的单纯。

然后呢？懵懵懂懂中，对食物的搜寻是原始的本能，也是游戏的本能。因无知而无畏，仿佛触手可及的一切都可以成为玩具兼美味：自产自销的手指，放在嘴里尽情吮吸，它的功用似乎完全可以等于十根高仿的火腿肠。我曾经学着儿子的样子尝过自己和他的手指：我的手指再洁净也有一种顽固的咸苦，他的手指哪怕两天不洗也有一种微微的嫩甜。或是因陋就简的筷子，新筷子会有明亮的油漆香，那香味爽朗得似乎会在舌尖大声叫喊。而褪了色的旧筷则必定会失去木质的清幽，漆香也沉默了，哑巴了，仿佛只剩下了疲惫和衰弱积存在它单调的身体上。随时可供入口的还有柔软的衣袖。衣袖的功能真是多啊，可以擦脸，可以拭汗，可以磨牙，更可以放在舌尖品味，它和牙齿之间的舞蹈有云的轻盈，也有棉花的筋韧与虚泛……再然后，渐渐地，眼睛明察秋毫，嗅觉如虎添翼，小小的牙齿也渐露锋芒，于是，不再游戏了。吃就是吃。食物就是食物。吃食物越来越成为一件庄重快乐的盛大之事：食粥，食饭，食油盐百味。个子越来越高，年龄越来越大，嘴巴越来越宽，无数的食物如不尽长江滚滚来，将日子淹没。

随着年龄的增长，发现自己是越来越喜欢吃东西了，也越来越会吃东西了。这二者是有互动关系的：因为越来越喜欢吃，所以越来越会吃。也因为越来越会吃，所以越来越喜欢吃。总而言之，我觉得自己似乎已经慢慢地从吃中获得了一些能力——不，不是能量，这些吃食除了有让我活下去的能量之外，确实还让我获得了一些能力，是最不实用又最实用的那种能力：不实用是因为这种能力不能赚钱，实用是因为这能力可以照见人生的些微。

2

说起吃，忽然想起22岁之前我居然是不吃肉的，不免感到惊奇。确实，从有记忆的时候起，我就对肉非常敏感——厌恶的敏感。敏感到一看见肉，一闻到肉味儿都会恶心。用肉炒的菜，我肯定是不动的。过年时家里会用剔过肉的猪骨炖一大锅骨头汤，俗称老汤或者高汤，做菜时总会放一些，因为只是汤，所以放进菜里根本就没有肉影儿，不过是个味儿而已，但这也是我绝对不能忍受的，我宁可吃咸菜，或者再炒个什么素菜。经常如此——他们用这老汤炖大烩菜：青翠的白菜，雪白的豆腐，透明的粉条，墨绿的海带，深红的牛肉丸子，浅黄的腐竹……就着软暄暄的大馒头，一个个吃得心甜意洽，我自己却另炖一锅，料都是一样的，唯一的不同就是不用老汤。因为我的关系，奶奶总是另做有素丸子和素包子，饺子馅也肯定是另备一份素的。她也不怎么吃肉。她说她不喜欢吃。后来我发现她的不喜欢是有弹性的：肉少了，不够吃了，她就说不喜欢。“太香了，顶不住。”肉多了，要剩下了，她肯定就可劲儿吃。“这么好的东西，放坏了多可惜。”

对于我的吃素，她虽然也会劝几句，但总的来说还是很支持的，甚至是鼓励和表扬的。后来我暗暗怀疑，她是为了让我省下些给她的孙子们吃。她老人家一直都有些重男轻女。那时候家境清贫，家里吃肉的机会不多。女孩子们少吃一些，男孩子们就可以多吃一些。虽然多不到哪里去，总归还是多一些好。

不吃肉，能吃的就只有素食。然而那时的素食也很有限，除了大烩菜里的那几样，就是时令的蔬菜：黄瓜、西红柿、茄子、长豆角……我更喜欢在地里现摘这些东西生吃，就着井水一冲，放在嘴里就咬起来。仔细品去，这些生的东西，都有一种甜甜的后味儿：黄瓜是脆甜，西红柿是酸甜，茄子是涩甜，长豆角是腥甜……除了甜味，还有一种鲜奶味儿。我坚信：如果用这些生的东西去提炼某种鲜的基因，得出的结果肯定和牛奶的鲜属于同宗同源。

吃的范围由素扩展到荤是在结婚之后。对我来说，饮食男女这几个字真的是非常一体地进步着。爱人家都很能吃肉。我第一次去他们家的时候，是临时起意，没有预先告知，因此是地地道道的家常饭。他们吃的是捞面条，配菜是大炒肉。大炒肉这个菜名我是第一次听到，后来才知道，这个菜名是他们家的独创。什么是大炒肉？就是用葱配肉炒，也就是纯纯的炒肉丝。他们家就叫这个是大炒肉。我去了之后，婆婆给我盛的面里有一半都是肉，我勉强把面吃了，把肉全留了下来。老太太就此知道：她未来的小儿媳妇是个不吃肉的人。

但是过了门之后不久，我二十多年的斋戒便破了，是从羊肉串开始的。爱人非常喜欢在大排档上喝啤酒吃羊肉串，知我不吃肉，便故意逗我："吃一串吧。咱吃得起，不用省。"因为几乎天天都要听他这一番话，有一天忍不住就动了心思，吃了一串，居然感觉不错。后来又开始吃羊腰，不是那种全腰，而是小腰片，又脆又香。我学会吃羊肉串那年是 1995 年，县城的羊肉串价格是一块钱六串，如果要两块钱，还会多赠一串。腰片的价格要贵一些，一块钱一串。那个烧烤摊常年设在我们县城的影剧院广场上，老板叫老豹，体格黑壮，温顺寡言。

几乎是与此同时，我的舌头还接纳了羊杂碎。夫家大哥在新乡工作，隔段时间便会携妻带女回家看望婆婆，一回家，便会号召大家去西关吃羊杂碎，我推辞了几次，后来也跟着去了，一去便喜欢上了。我们常去的那家店叫二宏羊杂碎，见名知义，店主的名字就叫二宏。那边的店都是这种风格：跃进羊杂碎，大新羊杂碎，长江羊杂碎……每家店前都支着一口大锅，锅里一半地方堆着切好的杂碎，给人以非常丰盛的感觉，另一半是翻滚的雪白高汤。我们报过碗数，他便取过敞口粗碗，放入香菜、红椒末和味精，将汤汤水水的杂碎舀入碗中。顿时，白的汤，粉的杂碎，绿的香菜，红的辣椒……悦目非常。旁边的草编筐里是新出炉的烧饼，一块钱四个，我们一家按数买好，进店坐下，顿时就占去了半个店。——我们从没有集体去别家吃过。只因大哥说好吃，他的舌头久经检验，我们就无条件地信任了。后来我悄悄独自去别家尝过，似乎还真的是二宏的羊杂碎比较好吃，不过我也暗暗怀疑：我们之所以觉得好吃，其实是吃了太久的缘故。——口味也是有记忆的。吃淡的久了，便觉得淡的好吃。吃咸的久了，便觉得咸的好吃。我们村里有一个媳妇，最喜欢吃放馊了的饺子馅包出的饺子，她说在娘家时吃饺子是很隆重的事，饺子馅会盘很多，总会放馊，她吃惯了那种自然酵酸的味道。受她的蛊惑，有一次我故意把饺子馅放馊，吃了一次，果然有一种奇特的酸香。不过相比之下，还是觉得不馊的好。那毕竟是她的习惯，习惯可不是那么好传染和转移的啊。

一碗羊杂碎，汤多肉少。汤是河，肉是游泳的鱼。好在最有味道的不是吃鱼，而是让舌尖在河里游泳。也因此，吃杂碎还有一种最寻常的说法，叫喝杂碎。吃杂碎汤还有一条不成文的规矩：是免费加的。据二宏说，曾有一个老头带着两个孙子来喝杂碎，他只要了一碗，却加了十次汤。他们爷孙三个吃得肚子溜圆，也把二宏噎了个珠玉满喉。

由羊肉串到羊杂碎，在羊身上，我算是开了荤戒，从此一发而不可收。——后来回过神儿来，才发现这两样都是家常之外的杂味儿。为什么会在家常之外的杂味儿上开荤？想了想，大约是因为这些杂味儿野、满、有劲儿。而我的骨子里，喜欢的就是这些个野、满和有劲儿。不过杂味儿吃多了就会明白：家味儿虽然没有杂味儿足，杂味儿却也真的比不上家味儿正。开了野荤之后，我的胃便由杂至正，由外及里起来，慢慢地被家常的魅力一五一十地收了编，招了安。婆家大嫂很会做菜，一跟着大哥回到家她便主厨，煎炒烹炸，样样开花。我越发耳濡目染，筷筷知味。吃肉的范围也越来越广：鱼，猪排，猪肚，大肠，清炖鸡，红烧鸡，红烧排骨，虾，蟹……鱿鱼是我尤其喜欢吃的，它敦厚的白，脆脆的筋道，清淡绵长的美味，从视觉到口感都是享受。带儿子去豪享来中西餐厅吃套餐的时候，他要的一般都是牛排，我要的就是日式吊片套餐——在我的猜测中，吊片，就是鱿鱼切成片之后的另一种称呼。

吃得多了，也便开始做了。粉嫩的油腻的猪肉，深红的血淋淋的牛肉，规整如画的排骨的线条，鱼和鸡凝滞的眼睛……以前不能看不能动的各种肉类，都开始和我进行了亲密接触。我切、剁、洗、做、吃、品，终于由草食动物变成了肉食动物——不，确切地说，是杂食动物。由一个村姑嫁入县城的豪门，由肉开始，我在吃上逐渐长了见识。后来想想，之所以吃了那么长时间的素，归根结底还是小时候家穷的缘故。

——似乎有些跑题了。这些都是家常菜，不是家常饭。在我的意识里，说到底，菜和饭的意义终究还是大不相同的。就种类来说，菜比饭多。但就分量来说，饭比菜重。菜是锦上添花的花，而饭是花用来立足的锦。我们的日子，可以没有花，但绝不能没有锦啊。

3

身为河南人，我钟情的食谱里自然离不了面。味蕾对于面的感情，简直是连心都不能理解。我一个朋友，某银行老总，穿金戴银，宝马香车，俨然是不折不扣的超级白领，但身为河南人，她却改变不了自己的胃的德行。每下飞机，她要做的第一件事就是直奔烩面馆，要一大碗烩面，吃得面净汤干，酣畅淋漓，然后把嘴一抹，再打道回府。

“没办法，心里就是想啊。”她哀叹，“先吃了那碗面，心里才踏实。”

我没有做过统计，但我毫不怀疑：全国烩面馆最多的地方一定就是河南，河南烩面馆最多的地方一定就是郑州。走在郑州的大街上，看吧，到处都是烩面馆。三步一小馆，五步一大馆。也不知道是因为烩面馆多了，人们不得不习惯吃烩面，还是因为人们喜欢吃烩面，所以才会有这么多烩面馆。反正郑州人就是离不开烩面馆。呵，这一瞬间，我仿佛又闻到了那种特有的味道——

“羊肉烩面说是烩面，其实主要是喝汤。喝羊肉高汤才是这道面食的精华。”一个对美食颇有心得的朋友谈到经典的羊肉烩面时，曾经这么说。她这方面的理论很系统。她说：羊肉一定得要肥的，肥了汤味才浓。用小火来慢慢炆是必须的。郑州最好的羊肉烩面是合记和萧记两家。合记的汤肥，萧记的汤鲜。如果不喝酒，最好吃萧记。如果喝酒，最好吃合记。“一碗肥汤倒进去，胃就暖过来了，连酒都解了。”

她还会做烩面。我曾亲眼见过她做烩面的全过程。先是和面。面自然要用精粉，和面的时候要放一点儿食碱，还要放一个蛋清，再加上微微一点点盐。绝不能多，只稍稍有些盐味儿即可——有一家烩面馆的名字就叫“一点盐”。刚刚和出来的面是糙的，也是硬的。没关系，往里倒些油，再接着和。和着和着，油似乎是面的酒似的，就把面醉了。醉了的面自然就软了。不，这时候软得还不够，软得不透，还是生软。生软的面就要用湿布将面盖住，把面放一放。一定要用湿布，不然面的表皮会结一层干壳。这个过程的专业术语应该是“发酵”，但河南人却是这么说的：“让面睡一睡。”——还有一个叫法更有趣，是“让面醒一醒”。睡和醒，这两个字居然都用到了这里！每当听到这两个字，我都仿佛看到面里一个个小小的嘴巴打着哈欠，想要醒来却忍不住又想要睡去的模样，可爱慵懒，娇俏动人。就是这两个再平凡不过的动词，就是这两个再普通不过的字，就是这两个意思截然相反的字，就是这两个不论什么人都会用的最最民间的字，居然就为面传达出了最最恰如其分的气息和神情。就是这两个字啊，除非是这两个字！

醉了的面睡好了，醒过来了，就会散发出一种自然而然的光润，用手一摸，也有了弹性。这就是熟软了。熟软了的面，就可以抻烩面了。因为是纯人工做，所以抻出来的烩面都不怎么规则，一碗面里，有宽有窄，宽是自然的宽，窄是自然的窄。有厚有薄。厚是自然的厚，薄也是自然的薄。厚厚薄薄宽宽窄窄的一碗面煮好了，配上大得吓人的海碗，再加上细细的干丝、海带丝和粉条，浇上高汤，最后再撒上一小撮碧生生的香菜，就成了。——这最后一撮香菜很重要，是用来吊鲜味的。吊，这个词也不由得让我觉出一种特别的生动，仿佛这些柔嫩的叶子上都挂着一个个无形的小钩，这些小钩往面尖尖儿上颤巍巍地一挂，那些深埋的香味就都像小鱼一样逐饵而来，破水而出。

看多吃多，我便也学会了做烩面。想不会都不成。几乎郑州每个超市的半成品食物柜台里都备有一样：烩面片。这些烩面片被一片一片地放在那里，用保鲜膜裹着。买回家，开水坐锅，即下即食，方便得很，专业得很，也便宜得很——五毛钱一片。我的饭量算大的，一顿两片也就足足的了。有一次，我去豫东某个县城开会，在县城的超市里也看到了烩面片，才三毛钱一片。和省城超市的格局一样，烩面片的旁边也安安稳稳地卧着它的黄金搭档：海带丝、豆腐丝和香菜末。粉条倒是没有，也不必有。爱吃烩面的人家，怎么会少了粉条这样的干菜呢？

吃得越久，做得越多，心里也就越明白：像河南这样的地方，像郑州这样的城市，也确实是最合适吃烩面的。也只有这样的地方，才会有这样的吃食。吃了北方的面，再到南方吃了南方的米，就知道为什么南是南，北是北了。米就是那样的：一颗颗，一粒粒，精致，好看，琐碎，同时也八面玲珑，进退有度。吃不完的米，可以炒，可以熬粥，可以换个形式变成另一种吃食。而面食却不一样。馒头，烩面，做了一样就是一样，不能再变成另一样了——就是这么倔强，这么笨拙，不给自己留一点后路。吃着的时候，那种香也是倔强的香，笨拙的香，筋道的香。也因此，作为最具有群众基础的家常饭，有两种烩面的销售前程却让我觉得很不乐观：烩面方便面和烩面挂面。最初在市场上一见到，我就连忙买了尝鲜。一尝就失望透顶。满口都是硬，却不是筋。那种只有烩面才会具备的最特别的香味，被一种说不清道不明的机器味道大刀阔斧地给解构、破坏和遮蔽了。这种所谓的烩面，河南人肯定吃不出好来，凭个新鲜的名头卖给河南之外的那些人，又能撑多久？怎么能不让我对它们的寿命忧心忡忡呢？

某天无事，闲读一个作家写的小说，只读了个开头就让我终生难忘。他说河南这块地是“绵羊地”，是一茬茬血流成河的杀伐把这块肥沃的土地变成了没有野性的绵羊地。他还说，在这块土地上，“人的骨头是软的，气却是硬的，人就靠那三寸不烂之气活着”。他的这话，最开始读的时候我不懂。后来我从烩面这里慢慢地懂了，那种三寸不烂之气，可不就是烩面的倔强，烩面的笨拙，烩面的筋道，烩面的绵长，烩面的百转千回吗？——又扯远了。

4

当然，不仅是烩面，每一种面食由面生发出来，就都有其独特的美味。比如刚出锅的馒头，就是我矢志不渝的挚爱。馒头是洋气一些的说法，我们豫北乡下的人都只叫一个字：馍。圆脸馍是馍最平常的面貌，也是最省力的团馍方式，我窃称之为“母馍”。有母馍，自然就有公馍了。我心目中的公馍都是下方上圆的那种体格，侧面看去，很像一座微小的房子。团公馍时，需要两手掌对立，将面夹住，手劲儿要很讲究，不轻不重，很迅速很决断地往中间一压，一座下方上圆的小房子就被塑了出来。这就是公馍了。除了公母，馍还有很多花样，比如过年供神的大枣花馍，有鱼样，有鸟样，有牡丹花样，不过这些都属特型演员。家常面貌的馍也就公母两种，现在几乎只见母馍一种了。过去的女人只在家里做主妇，没有什么别的出路和想法，繁苦的厨务既是她们的重负，也是她们炫技的舞台，她们做的吃食在味道和模样上也就格外讲究。现在女人从厨房里解放出来的越来越多，越来越懒，手工活也越做越简易，公馍要多费一些力气，被淘汰似乎是必然的了。

幼时在家，只要看到奶奶在蒸馍，我是肯定不会出去玩的，必定要等馍熟了，拿一个出去才罢。馍熟之后，从热锅里往外拿的过程谓之“揭馍”。奶奶揭馍时，我就眼巴巴地在旁边看着。看哪，锅盖掀开了，热腾腾的哈气中，一个个白胖胖圆乎乎的小脸，那就是可爱的母馍了。但看奶奶拿一碗清水过来，将手在碗里蜻蜓点水般地蘸上一蘸，便飞舞着闪着水光的手开始揭馍，揭一个，蘸一蘸，再揭一个，再蘸一蘸……直到最后揭馍完毕，碗里的水似乎还是那么多，馍也一个个珠圆玉润，完美无缺。

偶尔，奶奶手正忙，也会让我去揭馍。我怕热馍烫手，就会用筷子夹出来，或者干脆照着馍心儿扎下去，揭出来的馍就会被捋掉一些皮，或是留一个洞，奶奶就会喝骂，说破了馍的相。边骂我她老人家少不得亲自上来剥夺我的权利。我完全不能理解她的职业精神，总是暗自嘀咕：不过是自家吃，破了相又如何？讲究这些做什么？做得再漂亮，不还是上头进去下头出来，最后成为地上的大粪？直至成人后方才明白自己当初懊怨的性质宛如“反正要死，何必要好好生”，简直就是无赖和无知的逻辑。

大字不识的奶奶以她最朴素的智慧实践了一条哲学真理：形式不仅仅是形式，它其实就是内容。

揭完了馍，奶奶照例要先用盘子装上两个供到祖先的牌位前，让祖先闻闻味儿。我照例要在心里嘀咕：真能闻到味儿吗？现在明白：真能闻到。奶奶在供馍的时候自己闻到，我在供馍的时候自己闻到，便都是替被供者闻到了。一代代的上供者和被供者，沿着岁月隔出的时间差，用一种一成不变的形式抵达了薪火相传的内容。

供祖过后，终于可以吃馍了。此时的馍热而不烫，正是好吃的时候。我喜欢一层层地吃。先撕馍皮儿，馍皮儿光滑如绸，撕馍皮宛如给美女脱衣——这比喻很恶俗，不过也顾不得了。将馍皮儿吃掉，便开始吃雪白的馍肉。馍肉是大口大口吃的吗？当然不是，也是一层层地吃。真正的手工馍就是可以一层层撕开的，层数很薄，层与层之间还很缠绵，此起彼伏，牵牵连连，丝丝缕缕，纠葛不断。

我就这么一层层地吃着，任一层层的清香甜润在口齿间漫延开来。

馍的近亲除了包子还有油卷。其实对于包子跟谁是近亲我一直有些犹疑。它的形式类似于馍，需要蒸。但就馅的本质而言它更类似饺子，不过是一个大一个小，一个煮一个蒸而已。后来想想，反正这几位在大范围内都属于面食，我就别操这种闲心了吧。相比于包子，油卷的分属要明确得多：它就是变了种的馍。

做法很简单：面是发面，先像擀面条似的把发好的面擀成一个厚厚的圆饼，然后把盐、葱花和油洒在上面，再把面卷成长长的一条面龙，用刀均匀地切开，稍加整理，接着上锅蒸熟，就是一个个层次分明的油卷了。油卷还可以发展出另一种名堂：把切好的生油卷擀成一张张薄薄的饼，放在平底锅上两面烙熟，这就是鼎鼎大名的葱花油饼了。香喷喷，热腾腾，随便拎起一块都是酥软的。小时候，有了葱花油饼的家常饭，简直就可以称之为盛宴了。每次吃到这种饼，我就想：怎么会有这么好吃的东西呢？有了这么好吃的东西，一辈子的餐桌也就够了吧？

忽然想起了剩馍。一些面食被剩下来之后，虽然不能改变其面食的性质，但经过简单的处理，也是很好吃的。比如面条，如炒菜一般炒一下，仍然是别具风味的美食。“面条剩三遍，给肉也不换。”这句俗话说的也就是这个意思。而剩烧饼和剩馍呢，过油煎一下的话，也会让人过口难忘。我以前喜欢放很多的油来煎，剩烧饼煎出来脆香厚重，剩馍煎出来则外焦里嫩。后来一个朋友说我：“你油放太多了，就只是油香，反而把面最原始的味道遮住了。喧宾夺主。”她来我家的时候，在厨房亲自给我演示她的做法：平底锅里放很少很少的油，开很小很小的火。将几块剩馍放在上面，让火和油慢慢地热，慢慢地煎。等煎够了一定的时间，再翻过来，煎另一面——这时候锅里已经没油了，只有油光。用厨房的专业术语，应该叫“焙”。

这样的做法时间肯定要长。她耐心地煎着，我耐心地看着——不，不是耐心，是安心。耐心还是有急躁的影子，所以要“耐”，而安心则是自然地天然地等待。我们就这样安心地加工着几块剩馍，还没有吃到嘴里，我就知道她的做法有多么好：厨房里溢满了面食最本色的香味。我贪婪地嗅着这种香味，后来把抽油烟机都特地关闭了。

5

粥是家常的奶。——想到粥，脑子里忽然就蹦出了这句话。这不是别人的话，是我原汁原味自家的话。它的蹦出是那么自然，仿佛一个大馒头，在我心里已经被蒸得恰到时候，一揭开锅盖，就散发出了成熟的气息。

在二十岁之前，我是没有喝过牛奶的。和同龄人聊天，在大多数人的记忆里，牛奶也是个毋庸置疑的奢侈名词。这种底色顽固地打在胃液中，以至于虽然到了已经不缺牛奶钱的今天，我依然无法随着潮流改弦易张，把它列为当然的主食。到超市很少买牛奶，别人送了牛奶也常常忘记喝，一天一天地在储藏室放着，往往都是到了快过期的时候才去突击，有时候实在不想喝它，就放在卫生间里用来洗脸，洗手，乃至洗澡。——昔日的短缺终于握紧了有力的拳头，带着报复的快感和不安击砸在当下契合的物质细节上。正应了那句江湖老话："出来混，迟早是要还的。"

对我来说，粥就是胃最亲切的衣裳。家常饭里，如果说馍是硬食，面条是半硬食或者说半软食，那粥就是最为温柔的软食，是婴儿停了母乳之后的另一种奶。一日三餐，我们豫北的习惯里，早晚两餐都是要喝粥的。粥的好处不用说：容易消化，预防感冒，谢绝便秘，美容养颜……但有一点人们却不怎么提起——它节约粮食。所以史书记载曹雪芹困顿之时，“举家食粥”。这时的粥，不是美味，是辛酸。当然，所谓的辛酸也只是对落魄的豪门而言。平头百姓从不曾朱门酒肉臭，对粥的喜爱也就是必然的幸福选择：除了少许的粮食之外，粥的另两个要素就是时间和水。对于穷人来说，这两样都是供得起的。再加上粥那些罄竹难书的好处，不喝粥的人可不就是傻子了吗？

南方的粥自然是米粥。北方的粥自然也与北方大地生养的农作物息息相关。从小到大，我喝得最多的粥无非就是两样：就速度而言，分快粥和慢粥。就颜色而言，分白粥和黄粥。——有些像猜谜吧？其实谜底最是寻常：白面粥和玉米粥。

白面粥又名疙瘩汤。疙瘩疙瘩，顾名思义，粥里是一定要有面疙瘩的。这个粥的精华就在于面疙瘩的成色。刚学做这粥的时候，我总是做不出疙瘩来。一锅粥做好，盛到碗里的不过是一团匀匀的糨糊，用来刷对联或者褙鞋底倒是满够。后来在奶奶的言传身教下我才渐渐领悟了诀窍：关键在水。水必须跟面适量。适量到什么程度？要恰恰好把面搅稠。稠到什么程度？要恰恰好用一筷子就能把整团面挑起来。这不太容易。不多不少的水进入旗鼓相当的面后，得把面朝一个方向匀速旋打好一会儿才能打出一个成功的面团。面团好了，水也开了，一手持碗，在开水的哈气中将碗慢慢靠近水面，让面团缓缓地流入锅里，另一只手拿着勺子，在锅里搅拌——一定要贴着锅底搅拌，不然就会煳锅，那可就前功尽弃了。搅拌的速度对于疙瘩的形状起着至为重要的作用。搅拌得快点儿，疙瘩就成了细细的丝儿。搅拌得慢点儿，疙瘩就成了沉沉的块儿。碗空面尽之后，碗壁上肯定还残留着一些面汁儿，那就再用清水把面碗泡一下，把泡过的汁水再倒进锅里，既充实了粥锅，又不浪费粮食。再然后，静等锅里的粥汤沸起，粥便成了。前后不过五分钟。

对了，若想要这粥好看些，便需要再打上一两个鸡蛋。鸡蛋磕在碗里朝一个方向旋打好之后，剩下的就只是下锅了。但下锅的方式也有讲究——还是那把勺子。勺子若是快，鸡蛋花就碎。从锅底儿到锅面儿，满锅都可见斑斑点点的迎春花瓣儿。勺子若是慢，鸡蛋花就成了结实一些的鸡蛋片儿，就有气势了。若是勺子干脆不动呢？那鸡蛋花就简直称得上是规模了。这时候你就看吧，酽酽的一层金菊啊，齐刷刷地铺在面汤之上。若说差点儿什么，也就是那一股菊香了。——小时候，但凡家里来了客，我家的鸡蛋白面粥都是最后一种做法。盛汤的时候，客人自然是第一碗。但见雪白的瓷碗里尽是炫目的金黄，丰盈盈地映照着主家的热诚和客人的贵重。

相比于白面粥，玉米粥就是慢粥了。有的地方又叫棒子面粥，或是大糁子粥。正如闺女、丫头或者姑娘，各地的称呼虽然不同，本质却没有丝毫的不一样。而在我们豫北，甚至在我所知道的河南，玉米粥还有一个别致的称呼：糊涂。郑州有一家粥店的名字就叫“糊涂王”。

糊涂又分细糊涂和粗糊涂两种。玉米磨下来，细的是玉米面，粗的是玉米糁子。用玉米面熬出来的就是细糊涂，用玉米糁子熬出来的就是粗糊涂。两样糊涂都一样费时间。从水开下料到糊涂熬成，至少得半个小时。食物的香气都是有脚的。糊涂自然也是一样。从下锅不久，它的香脚就开始从锅里迈出来散步了。它的脚步声我是多么熟悉啊。细糊涂的脚步声儿要轻些，要淡些，要雅些，像读过书的小家碧玉。而粗糊涂的脚步声呢，要重得多，厚得多，野得多，像泼天辣地的柴火妞儿。——没错，我的秉性就是更喜欢粗糊涂。它可真是顶顶粗的粗粮啊，每当端起一碗香热的粗糊涂送入口中，任它一寸一寸地吻过我的舌尖和喉咙，仿佛小小的金色粗布去包裹我可怜的肠胃——是的，肠胃在它喜欢的美味面前就是可怜的，如同单相思的情人——我就像被小小的爱情照耀一样陶醉无比。

半个小时是底线。时间再长些，就会熬得更香些。但再长也有上限，不能超过一个小时。过了一个小时就会煳锅，那就成了煳糊涂——煳的糊涂了。

当然也做过很多别的家常粥：大米粥，小米粥，大米小米掺和在一起的二米粥，大米小米紫米绿豆掺和在一起的杂粮粥，银耳百合粥，冰糖银耳莲子粥，野菜粥，南瓜粥……粥粥不同，粥粥有道。但我最喜欢的，还是糊涂。喜欢它的香味，也喜欢它的名字。——这个名字是它另一种虚拟的香。我甚至觉得，只有这个名字才最能言说出粥的真谛。难道不是吗？但凡是样东西，也不论是几样东西，只要是能进口的，放在锅里熬到了时辰，就都成了调养肠胃补气润肺的糊涂。粥的包容、周全和宽泛都被糊涂这个名字一收而尽了。——这个糊涂不是郑板桥的“难得糊涂”的那个糊涂。郑板桥的糊涂是太聪明太清楚太文化了。而我碗里的这个糊涂呢，它就是一种本分的厚重，就是平常日子里那种时时可见处处可得的绵长和踏实。或者说，它就是说不清道不明的日子本身。喝着它，就如同喝着又稠又稀又密又疏又紧又松又宽又窄的日子。一天天，一顿顿，糊涂喝进了肚，可怜的胃也就有了底儿。

6

有些家常饭不是在家里做的，但做出来的确实就是家常饭。比如食堂。食堂又因身份的不同而分出了学生食堂和工作食堂。因多年的学生生涯，我吃过的就只有学生食堂。托学生食堂的福，我习惯了吃米饭，并由习惯逐渐衍生出了喜欢。学校食堂为了省事，最寻常的主食也就两种：以南方口味为主的是大米。以北方口味为主的是蒸面。这两种都是大锅而做，是在同一时间段可以供多人平等共吃的最不用等待的集体饭。但食堂的米饭都偏硬。大约是为剩米饭的用途留出余地：硬大米饭好熬粥，也好做扬州炒饭。而我个人的口味里，更爱的是软大米饭。相比之下，刚刚出锅的软大米饭又是最好吃的。每当家里做好了米饭，我必定要拿勺子先挖一口，美其名曰尝尝生熟。这话一琢磨就是混账：哪有不熟的道理呢？我只是喜欢大米刚刚蒸熟时那沁入肺腑的鲜香。等我自己成家之后，做米饭时便有所独创：将花生铺在米上，等蒸熟时上层的米色便成红的，吃起来自然有一种花生香。还曾放过芝麻、绿豆等物，当时自感得意，家人只嘲笑我将白米饭做成八宝粥了。我也渐渐觉出还是本色的米香最好，花生芝麻绿豆也还是各自的本色香最好，便不再生发新花样，老老实实地做起白米饭来。

还曾吃过两年特别的学生食堂：2006 年至 2008 年，我在上海读了一个作家研究生班。进修地驻扎在青浦区一个名叫西岑的小镇上，前身是一所敬老院。和我们朝夕相处的门卫夫妇和几个食堂师傅便也都因地制宜，是土生土长的“本帮菜”。那些食堂的师傅真是可爱啊，他们的厨师帽永远是白白的，围裙也永远是白白的，手艺很好，也很敬业。每一顿饭都准备得那么精心：早餐是煮鸡蛋，阳春面。每顿午餐都有鱼。学校附近就是淀山湖，多的是鱼。师傅们做的尽量不重样：油炸，红烧，清蒸，都很好吃。院子很大，门卫夫妇怕空地闲着可惜，就种上了蔬菜，我们吃的菜就都是最新鲜的鲜菜了。最让我难忘的还是师傅们做的大馄饨，春天开班的时候，我们就能吃上。那时候，田野里的荠菜刚刚下来，他们采了来，一棵一棵地择净，做成大大的菜肉馄饨，那种白嫩清香，那种晶莹碧透，简直是无可形容。——我必须要公允地说：在学校给我们提供的生活费定额之内，他们做出了最好的饭菜。在我的所有学生食堂经历里，这个小镇的师傅们所做的食堂餐质量是当之无愧的冠军。

7

一天整理书架，偶然翻到一本俗语书，便找到了“吃”字：吃江水，说海话。吃惯了梅子不怕酸。吃烂肉不找小锅。吃苦瓜蘸黄连。吃亏就是占便宜。吃饭捡大碗，上场捡小杈。吃秋不吃夏，吃夏不吃秋。吃人四盘菜，还人十大碗。吃人心肝不觉疼。脸皮厚，吃个够。脸皮薄，吃不着。你拿自己当根葱，谁拿你炝锅呀！……

还有歇后语：吃瓜子儿——半吞半吐。吃萤火虫——心知肚明。吃灵芝草——一心成仙。吃了三天斋，就想上西天——功底儿还浅。吃啥样拉啥样——没话（化）。吃生盐聊天——讲闲（咸）话。吃了算盘子——心里有数……

与吃相关的字还有饭，锅，柴，米，油，盐，菜……每个字都可以衍生到吃上。真是多啊。中餐西餐，南餐北餐，大餐小餐，活着就要吃，民以食为天。这是最朴素的准则。而在这一餐一餐的饭中，不知从什么时候起，我开始渐渐感觉到了嗅觉和味蕾的死亡。没错，它们不是一下子就死去的，是慢慢死去的。如人的生命一样。时间是一只巨大无比的碗，我们都是碗里的饭。饭不是在最后一口被吃尽时才死去的。从饭入碗那天开始，饭的死亡仪式就已经揭幕了。一点一点滞涩起来的腿，一点一点昏花起来的眼，一点一点松动起来的牙，一点一点深密起来的皱纹，一点一点爬升起来的血压，一点一点加厚起来的脂肪，一点一点僵硬起来的笑肌，一点一点警惕起来的话语，一点一点关闭起来的情思……被岁月熬着，被时间熬着，一锅锅的大粥里，有几颗是煮不烂砸不扁的铜豌豆？

但还是要吃，还是得吃。只要活着。只是吃得越来越不复本色的单纯和尽兴了。在吃时也会快乐，吃饱了之后却往往会有些沮丧和难过，觉得自己似乎对不起那些食物，有隐隐的堕落感。偶尔清饿一天，就会有莫名的喜悦，似乎自己离尘世俗不可耐的烟火远了些，且远得心安理得。至于为何心安，如何理得，倒是一直混混沌沌，不怎么明白。——胃是一只大碗，它想吃的就是扎扎实实的饭。心也是一只大碗，它想吃的到底是什么呢？

第二辑

苦辣菜小记

不知道别人是不是也如此，我是年龄越大，越爱吃野菜了。近两年，尤爱苦辣菜。如今超市里偶尔也有野菜，小区外的菜市场野菜出现的频率更高一些，不过露面的通常都是荠菜、蒲公英、茼蒿、马齿苋之类，看不到苦辣菜。想要吃苦辣菜，只有去山野间采。好在工作日程里时不时就得下乡一趟，忙完了正事，就可顺脚去挖一些。

野菜这种东西，茫然四顾，似乎无迹可寻。低头细找，却是无处不在。河边，坡地，甚至因为整修路肩而刚刚培的新土上，都有。再有几天就是立春，这还是三九天，在最冷的天气里长出来的，自然也是最嫩的，也是最好吃的。此时的苦辣菜紧贴着地面，翠生生的，很乖。轻轻一掐，就到了手里，一掐一汪水。

它不怕掐，简直是越掐越长——似乎很有一些菜是越掐越长的，韭菜，小葱，芫荽，薄荷，荆芥——你过一段时间再来，它就长出了挺拔的茎，亭亭玉立。你掐过的那些了无痕迹。再过一段时间呢，它就开出了黄灿灿的花。开花的苦辣菜乍一看很像油菜——它的籽儿和油菜籽儿一样，确实也能榨油的——再仔细看，就知道不是。油菜长得很温顺，是小家碧玉的风格。苦辣菜呢，到底是野菜，茎粗叶大，很生猛，一副没有教养的野丫头样子。

尽管它已经很干净了，但是在吃之前还是要习惯性地洗一洗。洗之前要稍微拾掇一下，所谓的拾掇，也就是把它们打理成大概齐的几段，如此才好把它们放进开水锅里焯熟。再稍微拾掇一下叶子。

它的叶子有着毛楞楞的边儿，叶面上散布着或密或疏的孔洞，不知道是不是虫子咬的，这些孔洞总是让我感到莫名的亲切。还有一些叶子带着暗红间杂棕黄的色块，这色块，有点儿接近泥土的颜色，或者说，有点儿接近秋天的颜色。大叶子有，如果细细端详，小叶子里也有，最嫩最嫩的菜芯儿里，也有这样的色块，像是胎记。它们的这个样子，总是让我想起香椿。初春时节，头茬的香椿也常常有这样的颜色。

一进到凉水中，苦辣菜立马就变成水灵灵的深绿色，秀气起来。怪不得有这种说法：卖菜的不使水，买菜的噘着嘴。意思是，买菜的时候，明知道那些卖菜的这么做不厚道，是把水当成菜卖给我们，买了就会吃亏，可是看见这些水灵灵的菜，还是愿意掏钱买，而不愿意买那些干巴巴的菜。这是吃亏吗，明明是吃水。吃水的亏，心甘情愿。

到了开水里焯的时候，苦辣菜又变成了青绿色，也许是高温让它蒸了桑拿，它的绿就又浅了一层？我愿意这么想。水很宽。菜在水里，翻着它们，眼看着它们的身体迅速柔软了下去，它们的绿色却更加蓬勃了起来，青绿色又渐渐接近了深绿色。这柔软、湿润、迷醉的样子，很像女人遇到了爱情呢。

从开水里捞出来的苦辣菜，它的绿显然有些老了。接下来的程序是过凉水。过凉水是极其必要的，不但可以有效降温，在切它的时候不至于烫手，更重要的是可以有效地恢复它的气色：只要把它浸泡在凉水里，原本颓废的它立马就有了精气神儿，从老绿回归到了深绿。仿佛热恋又失恋的少女被爱情磋磨后，有些疼痛，可是她又被什么给温暖了过来，平复了伤痕，走出了颓靡，就是那种情态。所以，虽然还是深绿，却又清新沉着了一层，更耐看了。

然后用白棉布裹住它，把水挤干，切成碎丁。切的时候，你会充分感觉到这菜的肥美，它温热的身体，它粗纤维的黏度——尤其是茎的部分，不好切。需要下力气。切菜的时候我总是格外专心致志，慢慢地切着，只喊着一个名字：苦辣菜。只有一个念头：好好切。只有一个热望：苦辣菜啊，我一会儿要吃你啦——

我就这么着和苦辣菜说着话，用手和刀，也用我的胃。

齐备之后，开始炒。配菜得用蒜苗——必不可少的就是蒜或者蒜苗的茎，或者是葱白。最好还要有红菜椒。青椒不合适，会伤害苦辣菜的绿，让这绿变得浑浊。红干椒也不合适，因为红得太燥，也会伤害它的绿。更因为辣得太冲，还会抢夺了它的本味。所以，相较而言，就是红菜椒的温润悦目最为合适。对了，若再加一样黑木耳，四色兼具，简直就是完美了。

炒是最为简单的，就是用一点儿油，再用一点儿盐，就可以了。其他的什么都不需要，真的什么都不需要。菜在锅里，翻也很简单，简单到什么程度，只要盐在菜里翻匀了，你看不见盐的白色了，那么这菜就算成了。

苦辣菜，是有点儿苦的，后味儿有点儿甜。也是有点儿涩的，后味儿有点儿辣。当然不止这些，可其他的我却是难以言喻了。总之这些味道综合在一起，如同四个一加在一起不等于四，而是四的很多倍——简而言之，偷懒地形容一下吧：是醇香，非常厚重厚实的醇香，一口一口地吃着它，这醇香就在唇齿间缠绵回荡。那感觉，怎么说呢，好像在和整个儿春天亲吻一样。

在坝上吃烤全羊

百度上说，“坝上”是一地理名词，特指由草原陡然升高而形成的地带，又因气候和植被的原因形成的草甸式草原。广义的坝上是指张家口以北100公里处到承德以北100公里处，统称为坝上草原，是内蒙古高原的一部分。狭义的坝上草原位于北京正北的河北省丰宁满族自治县，是广义坝上草原的重要组成。

那天，我们从坝下的0海拔一直上到了1500米，来到了狭义上的丰宁坝上草原。这著名的京北第一草原，野花遍地，碧草无垠，果然名不虚传。

但更让我喜欢的是那个晚上的烤全羊。

当地的朋友安排得极其热情周到，吃晚饭的时候就告诉我们，晚饭后稍事休息，不要睡，因为还有丰盛的节目：篝火、烤全羊以及声光电都很奢华的专业歌舞。篝火和烤全羊自然是好的，唯有专业歌舞一向让我如坐针毡，心生排斥。在草原安静的星空下，在草叶清香的气息里，如果有歌舞相伴，那我心目中最理想的场景就是朋友们随意围坐，悠悠清唱，肆意曼舞。

但既然安排了，就只好客随主便。于是，夜晚九点多，我们幕天席地，开始了豪华的夜宵。篝火浓艳，歌声嘹亮，舞蹈精湛……似乎都在意料之中，除了那烤全羊——那只羊就在那里烤着，我知道。闻着它越来越浓的香味，我却没有什么胃口，只想着应酬一下便回去睡觉。歌舞了一会儿，朋友唤我们举杯来到了烤全羊的旁边，我以为是要举行开吃的仪式，碰了杯就想回到原位，等着人家把羊肉端上来，没想到朋友一把拉住我："走什么走，吃啊。"

"怎么吃？"

"看我的。"朋友朝烤羊身上伸出手，一把揪下一块肉，开始吃起来。周围的人也都学着他的样子吃起来。这样可以吗？我问着自己，也伸出了手，揪了一点儿肉——那羊肉虽然在火上烤着，却不像想象中那么烫热，吃到嘴里，果然很香。那个烤肉的小伙子很有节奏地一边翻转着羊肉，一边往羊肉上涂着蘸料，上上下下，里里外外，不慌不忙，不紧不慢。

这烤全羊瞬时便具备了某种魔力，大家围着它，再也舍不得走开，你一把我一把地揪着，吃着，吃着，揪着，都不再是礼貌地装装样子地吃，都是真吃，也都表现出了强烈的食欲和兴致。气氛很快欢悦起来。有的人手劲儿小，揪不下，有的人手劲儿大，揪得下，于是，你替我揪，我替你揪，既怕揪得小吃不着，又怕揪得大肉不熟，既怕肉不热不香，又怕肉太热烫手……有个当地的小伙子，很会揪，一揪一块，一揪一块，他揪得是那么好，干净利落，手到肉来，大家便就看着他揪，羡慕嫉妒恨。他看大家都看自己，就揪得越发起劲，简直就带有表演性质了，都有些炫技了。还有一个女孩子，本来就羞怯，手劲儿又小，就揪不下肉，大家也都看着她，她越发不好意思，就越发揪不下。大家看着看着就替她急，纷纷揪肉给她，她就更不好意思，也就更可爱……都纷纷议论着，说是第一次吃到这种样式的烤全羊。而我，吃着这样的烤全羊，这样吃着烤全羊，方才无比信服：羊肉果然是世上不可替代的美味，它真是该被吃的啊。

也不免在心里惊奇着：同样是烤全羊，因为方式不同，居然就能有这样绝妙的趣味。我真想知道发明这种烤全羊方式的人是谁，他真是了不起啊——忽然又想，草原上的人们如果是自家吃，应该就是这样的方式吧。这就是最好的方式。只有待客的时候，才会讲究形式，讲究仪态，讲究如何盛，如何放，如何进食，而自家吃，当然不会有那么多华而不实的讲究。以自家吃的方式去吃烤全羊，又怎么能不香甜呢。

蛋清羊尾及其他

对于一个典型的吃货而言，台州临海真是一个福地。

一入住酒店，就看到一册小书《临海美食》，有图有真相，真是对我脾气的好书。翻开序言，不禁莞尔："临海，得千年府地文化之积累，精深广博，其中饮食之独特、品种之繁多、历时之久远，为国内城市所仅见。"

——不是鲜见，罕见，而是"仅见"。好一个"仅见"，自豪和傲娇满满啊。

细读下去，真让人开胃且开心。"临海小吃有上百种，可分为风味小吃、经典小吃、时令小吃、精品小吃、佳肴小吃、农家小吃、休闲小吃、糕点小吃等，这些小吃都有几百年甚至上千年的历史……临海小吃不仅在选料、制作、拼盘、工艺流程、火候掌握，甚至经营方式上都有独到之处。烹、煮、烙、炸、炒、炖、烤、煨中注重色、香、味、形、意、养的完整，荤素兼顾，精粗搭配，色彩鲜明丰富，讲究营养均衡……”然后是如数家珍般地把那些美食的名字列举出来，很多是我闻所未闻的，如麦饼、刀切头圆、乌糯饺、灰青糕、糯米金团……也有我见识过的，比如小馄饨、核桃酥、马蹄酥、绿豆糕之类，但作者严正声明：“外地虽有，与我地大相径庭也。品质不及我地。”

真可爱啊。

那么，我且吃来。

会议吃的自助餐，有许多海鲜。临海离海很近，吃海鲜方便，倒也无奇。某一晚，朋友请去吃“状元府”，吃到了糟羹。糟羹有甜咸两种，我们吃的是甜糟羹。是用藕粉配上莲子、甜枣、桂圆而成，确实可口。还吃到了食饼筒，很像我大河南的饼卷菜，饼是薄薄韧韧的，菜也鲜香，关键是刚刚热锅煎出，非常美味。我一口气吃了两个。听我夸赞好吃，临海朋友道：“最好吃的都不在饭店，都在自己家里呢。现在市上的食材都不如以前，还是自家做的精心些。”可是贸然去人家家里，到底不合适。而且这次行程来去匆匆，时间也来不及，只能抱憾。

饭后喝茶闲聊，不知道谁又提起了一道小吃，叫“蛋清羊尾”。这真是个奇怪的名字。蛋清和羊尾怎么能凑到一起呢？经他们细细描述，原来是一道甜点。即把豆沙用花油包裹，在蛋清里浸一浸，然后再炸，一进油锅，蛋清便立即绽放，如同羊尾——这羊尾一定属于特别爱干净的肥肥的白绵羊吧。

“什么是花油？”

“就是猪网油啊。”猪的肠系膜堆积的脂肪，在猪的腹部成网状，即为猪网油。尤为浓香。

第二天早上，见到会务上的女孩小张，她劈头就说：“昨天晚上把我撑坏了。”

“吃了什么好的？”

“蛋清羊尾啊。我想让您尝一尝，可是买回来您不在，本想等您回来，可是放冷了又不好吃。我就只好吃啊吃的，全吃完了。”

我大笑起来。

“您一吃完午饭就走？”

“是啊。”

“我上午没时间出去。那这蛋清羊尾，您赶不上了。”她颇叹惋。

在会上发完言我便回房间收拾好了行李，到一楼餐厅吃午饭。正吃着，收到小张的短信，问我在哪里。很快她便来到餐厅，从包里拿出一兜东西，香味浓郁。

“蛋清羊尾？”

“海苔饼。这附近有一家卖海苔饼的，很地道，我赶去买了两包，请您尝尝。海苔饼不怕放凉的。”她的笑容甜美热诚，“留个念想，下次来吃蛋清羊尾。”

那天，我的行李很沉。不仅是两包海苔饼，还有他们送的台州本土水果：黄岩蜜橘和玉环文旦。看到文旦时我问：“是柚子吧？”他们异口同声否认：“不是，就是文旦。比柚子好吃多了，只有我们这里才有。”

后来我查了查资料，文旦就是柚子的一种。但是它的果肉异常密实，汁液异常甜美，所以还真不是一般的柚子。因此我很愿意认同他们本地人的说法：这不是柚子，这就是文旦。

老张家的饺子

每逢长假，最惬意的事情就是宅在家里读点儿书，写点儿字，睡个饱觉，打扫打扫卫生，淘宝买买衣服。最不想出的就是自家门，除非——

“去老张家吃饺子吧？”这一天，大树空间的张娇提议。

“好。”

这几乎是最具诱惑的出门动力，之一。

老张家，就是张宇家。张宇，我的前辈，著名作家，省作协名誉主席。他的绝对领导、夫人静姐经常称他是老张，久而久之，我们也都跟着说“你们家老张”，反正老张总是笑眯眯地说：好，好，好。

老张家的饺子，也记不得吃了多少次了。真是好吃。简直可以说是全郑州最好吃的饺子，没有之一。静姐盘馅，老张和面，静姐擀皮儿，老张包饺子，夫妻二人同心同德，珠联璧合。相较之下，静姐的手艺更值得赞美。她盘的馅无论是猪肉羊肉牛肉还是三鲜，无论是萝卜白菜西葫芦，都是那么清香美味。她擀饺子皮儿也有心得，每一张皮儿都擀得中间厚四边儿薄，这种皮儿包出来的饺子，边儿和边儿压在一起不厚，饺子肚那里也不薄，口感又好，煮起来还不会破。

当然当然，老张同志和面包饺子的水平也是极高的。第一次看到他包出来的饺子时，那感觉只能用一个词来形容，就是惊艳。每逢到他家吃饺子，我第一件事就是跑到厨房去，先把饺子们尽情欣赏一番。

今天的饺子是三盖帘儿。静姐说，这饺子有140个呢。在盖帘上，大饺子们气势恢宏地一队队排列着，像战士一样，一看就是男人包出来的饺子。

餐桌上有四样凉菜。在老张家吃饺子，向来就只是四个凉菜。

“主要是吃饺子。”老张说。

对极。我吃东西也喜欢一心一意。要吃饺子，就吃饺子，要吃烩面，就吃烩面。有几样菜也不是不可以，但一定要简单，不能喧宾夺主——这个主，就是主食。要把宝贵的胃空间，留给可爱的主食，不然哪能叫吃饭呢。

四样凉菜是：木耳、豆腐干、肘花、银条。其他三个也罢了，偃师特产的银条却是大有学问。据《偃师县志》载，这菜是厨神宰相伊尹培植，因此原名为“尹条”，作为国家地理标志产品，它可娇气得很，需要的土质是：有水而不湿，有沙而不松，所以只在偃师伊洛河汇源之处的寺庄一带生长。物以稀为贵，再加上其品相洁白修长，口感清新爽脆，卖价也高，因此又被百姓称之为“银条”。

备凉菜其实也是为了下酒。饺子就酒，越喝越有嘛。吃饺子，是得有一点儿酒。即便再不善饮，此时我也不拒绝来一小杯酒——如果是茅台，就来两杯吧。

我们在餐厅吃着喝着，静姐在厨房煮着饺子。我们假模假式地说要去厨房帮忙，被她严词拒绝。不是怕劳动我们，而是怕我们把饺子煮破。她做得对。她亲自煮饺子，我真是再放心不过了。

饺子还在锅里，醋上来了。衣裳配裤，饺子配醋嘛。

终于，两大盘主角登场，热气腾腾，醉人心脾。两种馅儿，一种是萝卜猪肉馅儿，一种是黄瓜鸡蛋木耳馅儿，也就是三鲜馅儿。是混下在一起的，想吃哪种吃哪种。很好辨认：黄瓜绿和鸡蛋黄透着白莹莹的皮儿，清晰可见。

“本来想盘白菜馅儿，一看，那白菜不行啊。萝卜刚到时令，就吃萝卜吧。”静姐说。这个萝卜馅，听她说起来，就是一篇好文章。她说她以前都是把萝卜切片后再焯水，然后再把萝卜片挤干，剁碎。现在她不这么做了。“我直接把萝卜擦丝，擦成特别细特别细的丝，稍微控一下水，再加调料，这饺子，你慢慢品，这个萝卜丝有嚼劲儿吧？有韧劲儿吧？有鲜劲儿吧？”

嗯嗯嗯，有有有。你们家饺子这么好吃好看，你说什么都对。

对于调馅，她也自有诀窍：“不，千万不能直接把肉和菜调到一起。要分开调。肉呢，要放生抽和老抽，生抽调鲜味，老抽调颜色。再放葱、姜、十三香、盐……调好之后，把肉腌半个小时，才能拌进菜里。菜肉的比例嘛，城市里精细些的吃法，是一比二，一比三。我家里吃的都是一比四。肉嘛，就是那么轻轻点一下，能让菜里进去肉味儿就可以了。要记住呀，肉是给菜锦上添花的。许多人都弄反了，把肉当成了锦，把菜当成了花，结果是菜少肉多。既是腻香，也不健康。”

酒足饺饱后，到客厅喝茶。静姐负责泡茶，老张负责聊天。听张宇说话也是一种享受。他讲八大，讲齐白石，讲苏金伞，讲南丁，讲罗布泊，讲云冈石窟……也不知道讲到了哪里，讲到哪里就是哪里。无论是扯东扯西还是扯南扯北，好多事从他嘴里说出来，就有了他的意思。

听静姐说话，你会知道什么叫作人间烟火。听张宇说话，你会知道什么叫作尘埃落定。你会觉得，没什么大不了的，没什么过不去的，那么多人的人生啊，没有笑话，也没有神话，只有三个字：不容易……总之吧，随便一小段，也都是一篇好文章，或者说，都是一碗薄皮大馅的好饺子。遗憾的是，近些年，他不大写了。这些好饺子，成了他的私房。

亲爱的老张，请写起来吧，让更多的人吃到这些好饺子吧。写的时候，请记得搭配上你特有的凉菜、醋和酒啊。

跳面之跳

1

一方水土养一方人——不到处走走，就不知道这句俗语之奥妙。这么多年来，我游逛到大江南不止一次，到苏州城也不止一次。十年前在上海读书的时候，还曾在昆山的千灯古镇住过一段时日，听足了评弹，嚼够了茴香豆，畅饮了黄酒，自认为对这片土地很熟悉了，可是到了太仓，却觉得原来大江南只是一个熟悉的概念，具体到太仓这样的地界，就是一片陌生。它是熟悉的陌生地，或者是陌生的熟悉地，这种感觉蛮有趣。

仓，顾其名，储纳是其本。春秋时期，吴王在此设立了粮仓，太仓因此得名。粮为国之命脉，有资格担当国之粮仓，可见此地之丰腴富饶。不知何时，更有“金”字冠其前，谓之“金太仓”。再然后，又简称为“金仓”。稍微见识一下，便可知道这“金”字绝非虚赞，金仓里收藏的珍宝真是琳琅满目。且不说我久慕的那些名字：大文人王世贞，写下《圆圆曲》的诗人吴梅村，《五人墓碑记》的作者张溥，玉雕大师陆子冈……太仓是他们共同的故里。除了这些，太仓还是郑和下西洋的起锚吉地，是中国桥牌之乡，江南丝竹也在此发源，对了，你知道大闸蟹的闸是指哪里吗？就是这里的浏河闸啊。

在这座金仓里，双凤是极有分量的一座分仓。——说句题外话，一踏上双凤的地界，蹦到我脑子里的第一个念头就是：脚上的这双鞋子，牌子就叫“双凤”。这鞋子是豫籍产品，一出河南地界就很少见到，在郑州的街头巷尾却是处处都有，据说将近百家连锁。每当看到这家鞋店我便暗自思忖它为什么叫“双凤”，终究是无从得知。不过或许是思忖得多了，便觉得它有一种特别的美感。不是吗？对“凤”而言，也许“双”是最好的数字了。单凤孤独，三凤凌乱，四凤就成了《雷雨》里的俏丫鬟啦。

陌生之地的行程总有点儿像解密。盘点起来，在双凤的两天我们虽然落鞍上马来去匆匆，解出的密码却也不少：别具一格的少年邮局，威武喜庆的龙狮文化，安静秀美的国家级钓鱼竞赛训练基地……对我而言，印象最深的是两样：一是徐松明先生所唱的双凤山歌，二就是双凤羊肉面。真可谓一方人唱一方歌，一方人更吃一方面。——还是老实承认了吧：对我这个吃货而言，双凤最大的魅力就在羊肉面。

2

两天里，我们的午饭都是在双凤镇吃的，吃的都是羊肉面。不是请客的人太一根筋，也不是双凤没别的美食，而是双凤羊肉面的江湖地位太显赫。据说有不少上海人一早起来不是去上班，而是先开车来到双凤吃一碗羊肉面。这般看来，也许在东道主眼里，如果不让我们抓紧时间好好地把羊肉面吃个够，那简直就是天理不容吧。

相较于同行的其他人，在未尝之前我对此面是格外好奇：河南的羊肉烩面已经是我心中的顶级民间美味，一周里我总有五六天想得慌。双凤羊肉面如此鼎鼎大名，到底是有多么好吃？

羊是太仓山羊，据说此羊一辈子不认识含激素的添加饲料，食百草而终其一生，故此长得体大皮薄肉嫩，引人垂涎。而在这傲娇的高质量物种中又以阉割的公羊与刚成年雌羊更为上乘。又据说最地道的做法是宰杀洗净后，将肉分档下锅，肉质较老的置下层，肉质嫩者置上层，然后再加作料，文火焖煮。锅周围还要塞满白萝卜，以除膻味。宰杀后其面汤用烹羊原汤熬制，要熬得浓而不浊、油而不腻方用之。

有道是“两好搁一好”，如此好羊，当配好面。面是“跳面”。对于此面，汪曾祺先生曾在随笔《吴大和尚和七拳半》中留下过如此墨宝:“原来，我们那里饺面店卖的面是‘跳面’。在墙上挖一个洞，将木杠插在洞内，下置面案，木杠压在和得极硬的一大块面上，人坐在木杠上，反复压这一块面。因为压面时要一步一跳，所以叫作‘跳面’。‘跳面’可以切得极细极薄，下锅不浑汤，吃起来有韧劲而又甚柔软。汤料只有虾子、熟猪油、酱油、葱花，但是很鲜。如不加汤，只将面下在作料里，谓之‘干拌’，尤美。”

这大约是最质朴的解释了，但坊间常常不甘于如此素净，总要寻点儿传奇的由头，所以跳面之名还有故事，与抗倭英雄曹顶有关。有资料云，在明朝嘉靖年间，狼山香火鼎盛，四方香客云集。去狼山必经城山路过，曹顶于城山路旁开设一面食店，主营面条。此店生意极为兴隆。曹顶起早带晚，全凭双手擀面，尽管忙得精疲力尽，仍然供不应求。曹顶一直寻思如何才能少出力气多出面条，以满足香客的要求。有一次他回家，看到一村民在铡草喂牛。这事启发了他，终于想出一个妙法：在特制的矮桌上，系上一根牢固的麻绳扣，擀面杖在绳扣里，这样，举手轻轻揉面，随着麻绳晃动的惯力，身体随之边揉边跳，擀面速度大大加快。由于面团经压制产生了面筋，使面条极为有韧性，条条不断，吃起来别有风味。一天，一位顾客吃得特别高兴，问此面叫什么名称，曹顶灵机一动，含笑答道：跳面。……嗣后，曹顶抗倭捐躯。为了纪念这位民族英雄，南通人又将“跳面”称为“曹顶面”。

曹顶面，这称呼，让我想起了东坡肉。这两个名字倒是挺搭。不由得又想起一长串儿同结构的名字：太白鸭、包公鱼、杜康酒……为美味冠名，这似乎是一种众人默认的至高荣誉。什么叫流芳百世？想来这就是了。跟着美食的芬芳一代代流传下去，不叫流芳百世又叫什么？当然，也有极个别的例外，比如油条的别名是油炸桧。

忽然又想起，汪曾祺先生是高邮人，高邮离南通还有好一段距离呢，他老人家怎么就写得仿佛是自己的家常？再一想，又释然了。这两地同在江苏，纵使远也左不过几百里，而所有的美食被手艺人携载着，从来都是无脚走四方，可以旅行到天涯海角，在任何一处都能妥妥地安营扎寨，落地生根。由此又想，双凤离南通才七十多公里，真算是近邻。“跳面”从南通跳到这里，实在是太合情理。

3

羊肉果然嫩滑，羊汤果然鲜美。更有丰盛的全羊宴：羊脑、羊舌、羊耳、羊心、羊肝、羊肾、羊肚、羊蹄、羊血……任我们随心所欲地饕餮。如此好的羊，当然得想尽办法吃。或清炖，或冷盆，或热炒，形式多样，味道独特。只要烹饪得法，那就怎么做都好。有妙语云："羊，固有一死。或轻于羊毛，或重于红烧。"我们吃的便多是红烧。

跳面呢，你只琢磨琢磨"跳"这个字就能知晓一二，如此有动感的定语，可以想见这面有多么筋道滑爽。待一入口，面在唇齿之间，也果然有雀跃感。——自然是好吃的，但还是要老实承认：也没有那么惊艳。或许是因为它享有的盛誉使得我对它的期待值太高，期待值太高，便容易回落。

让我惊艳的是其他。比如花生米，是小小的、饱满的、红衣的，油炸之后又是脆脆的、香香的，这也罢了，最奇异的是后味儿里竟然有着一种醇厚的甜。说这甜醇厚，因这甜不是糖的甜，或者说不仅是糖的甜，这甜是合唱似的甜，复调似的甜，待你咽下了，这甜还在舌尖缠绕。我们被这花生米降服，纷纷向服务员打探它的名字，服务员却很无趣地回答："就是花生米嘛。"本地的朋友又去外面打探了一番，方才告诉我们："这叫梅子花生。"我不甘心，上网搜，果然找到一种称呼更适合它："梅香花生。"这样的名字，使得这种娇小的爱物有了江南女子的风韵。

让我惊艳的还有泡菜。羊排太香，羊肉太香，羊杂太香……太香了就是不行，就得需要什么来解腻。泡菜就是解腻的法宝。双凤的泡菜，怎么说呢，其实不过是最寻常的白菜萝卜，于这初冬时节，只是时令菜蔬。好泡菜的要件是既入味且新鲜。入味容易，入味的同时又新鲜，这个就难，如同要求一个女人既纯真且风情。双凤的泡菜就有这种新鲜。我笃定地判断：比韩国思密达的泡菜还要好。

待到餐后水果上桌，我便暗暗感叹，双凤人民是吃出了境界：是一盘砂糖橘。这一盘砂糖橘，金灿灿，圆溜溜，剥开薄薄的皮儿，便有清新之气拂来。待吃一个下去，顿觉酸甜满口，连肠胃都遥相呼应地熨帖了起来。

想想真有意思。本是冲着羊肉面去的，却吃得旁逸斜出。正如本是去看初雪，却折了红梅。本是想赏秋月，却嗅了桂香。——也许，人生的意趣就是如此吧。不在定好了目标奔一条道儿去，而在于行路途中的不期然所得。正如平素里我喜欢到各处玩，美其名曰开会，好像是个变态的开会狂，其实开会哪里是主菜呢，说到底，不过是贪恋暮色将至时车窗外那一抹靛蓝的静穆罢了，不过是贪恋在会上碰上些微旧雨新知敞开心怀一三五不论地聊至深夜罢了，不过是贪恋和一群人一起在异乡享受片刻的温暖罢了。那时节，笑声肆意，笑容流溢，彼此相亲于这凉薄的世间，竟是一种难言的微醺般的满足。恰正合了“隔座送钩春酒暖，分曹射覆蜡灯红”。而每每在惜别的时候，又恰正合了“身无彩凤双飞翼，心有灵犀一点通”。

酸里虎之恋

北方的冬天里，到处都能看见冰糖葫芦。这是此时此地最常见的风味小吃。冰糖两个字有着一种冷美人的凉甜，其实它不凉，当然也不热。它也不仅仅是甜，除了甜之外还有诸多味道。如同《冰糖葫芦》那首歌唱的一样："都说冰糖葫芦儿酸，酸里面它裹着甜。都说冰糖葫芦儿甜，可甜里面它透着那酸……"

整首歌，就这几句白描最好。后面的"糖葫芦好看它竹签儿穿，象征幸福和团圆。把幸福和团圆连成串，没有愁来没有烦。站得高你就看得远，面对苍山来呼唤。气也顺那个心也宽，你就年轻二十年”之类的，我不喜欢。很不喜欢。升华固然是升华了，但是这些升华和冰糖葫芦放在一起，就像鲜花和绢花一样不搭。

我买糖葫芦的时候，喜欢在一边看着摊主做。冰糖葫芦的主体是山楂串。山楂串都已经是备好的，有纯山楂的，有夹小橘子的，有夹草莓的，有夹苹果块的，有夹梨块的，有夹葡萄的，有夹山药的……琳琅满目，简直就是一方微型的水果兼干果店。我喜欢夹核桃仁的，核桃仁微微带些苦香，配着山楂的酸和糖稀的甜，主味丰富，后味悠长。

待到挑好了山楂串递给摊主，便看着他慢慢地熬糖稀。只见他把白砂糖倒入锅中，加进适当的水，之后便开大火熬，直到把糖熬成透明的糖稀。熬的火候要很讲究，时间短了，糖稀会粘牙，时间长了，糖稀会苦。熬的稠了，蘸不上串，熬得稀了，挂不住串。等到熬好了糖稀，就要往葫芦串上刷了。这更是个技术活儿。刷得薄了，不成样子。刷得厚了，显得笨重。要刷得不薄不厚，均均匀匀，最好是中间厚，越到边儿越薄，薄到最后，薄如蝉翼。用牙齿轻轻一咬，嘎嘣脆，才算是地道功夫。我瞪着眼看着那摊主，他旋转着手中的山楂串，就那么唰唰两下，似乎是很随意的样子，却也就好了。那个飘逸啊，优美啊。

也自己在家做过，别的都还好，就是刷糖难做。偶尔刷得有个模样了，吃到嘴里却没有那种味道。后来干脆就不做了。心里明白：那种味道，是炉火纯青的味道，是岁月熬炼的味道，是熟能生巧的味道，是巧至艺术的味道。岂是一次两次能抵达的。

那天闲翻书，看到一篇文章里居然说冰糖葫芦也是皇家食品，不由哑然。说有史记载：宋光宗有一个妃子病了，积了食，也就是消化不良，百药无效，只好张贴皇榜求助江湖，一个江湖郎中揭了皇榜，出了偏方，就是山楂。果然药到病除。后来传至民间，被老百姓广泛食用，就延伸出了冰糖葫芦。明朝大国医李时珍有言："煮老鸡硬肉，入山楂数颗即易烂，则其消向积之功，盖可推矣。"到了今天，山楂又被发现出许多功用：散瘀、止痢、降三脂……简直不是吃食，而是妙药了。撇却它的实用不谈，仅是它的样子就让我喜悦。记不清谁曾如此说到冰糖葫芦："当我逛街时猛抬头目睹到一株插满通红的冰糖葫芦的金黄稻草扎成的靶子，怎么能够回避它周身洋溢的诗意呢——在苍茫尘世之中，这简直是一件艺术品呀！甚至夸张地认为：连看它一眼也应该交费的。"不由会心。但此文又说冰糖葫芦"手工制作，匠心独运，简直象征着一个闲情逸致的时代"，这恕我不能苟同。眼下的时代，可不是一个闲情逸致的时代，所以冰糖葫芦无从象征。如果一定要说象征，那也许只能说，它象征的是我们这个时代的闲情逸致。珍贵的，不重要的，非主流的，但是是必不可少的闲情逸致。

忽然想起了山楂的小名。在我们豫北乡下，它有很多小名：红果、酸果、山里红、酸里红，等等。其中最生猛的名字叫酸里虎——是所有酸水果里面的老虎，是王呢，可见其酸。那天，我打电话给一个闺密，是她奶奶接的，说孙女看电影去了："是酸里虎之恋！"

我那个笑啊。

窖池和酒

多年前，我写过一首关于酒的小诗，就这么几句：

酒是一条透明的走廊
人从杯上走到杯下
就被洗亮了心肠
痛辣，也甘美

这首诗用在了我的一个名叫《打火机》的小说里。——忽然觉得，酒也是打火机的一种，平淡无味的日子里，只要有它，就很容易点燃什么，也总能点燃什么，然后，心就暖起来，烫起来，疯狂起来。

所以，我不大敢喝酒，因为和合适的人在一起喝合适的酒，我就很容易哭，控制不住地哭——眼泪大概就是我最疯狂的方式。这方式虽然有个性，可是看着满室生春，人人欢喜，我却在那里号啕大哭，这无论如何是件难堪的事，所以就尽量不喝，尽量控制，控制，再控制。

控制力不如我的主儿却大有人在。十年前，我在县里工作时，一位同事酒后站到办公桌上放声高歌；两年前，一个朋友在酒醉的凌晨打电话扰我清梦诉说情史；还有一个朋友，今年春节去一个师长家拜年叙话，因中午喝了酒，一进到师长家便倒在沙发上鼾声大作……他们喝的都是沁河玉液。

沁河玉液是豫北人最家常的酒。结婚，生子，别离，乔迁……再就是逢年过节走亲戚，总之无论或大或小的有个什么事，需要备酒的时候，对于普通家户，它就是别无选择的唯一选择。从县城到乡镇乃至山村里的小杂货店，都有它的箱子安安稳稳地立在那里，等待人们把它认领回家。也因此，它也是焦作地区——不，应该说是豫北地区——当之无愧的第一名酒。作为女子，对于酒我实在没有什么确凿的经验，但如果按照常理去推断，我听到的第一个酒名，应该就是它。我闻到的第一缕酒香，应该也是它。

那天，2014年3月8日，我和“2013年度最佳华文散文奖”获奖作家们一起去寻访沁河玉液的家——沁河玉液酒业有限公司。当我们的车一路向北，穿过郑州城区，穿过黄河中下游分界线的桃花峪大桥，穿过武陟县城的繁华地带，七拐八拐地进了县城边角，又驶入一个平平常常的大院，看到“沁河玉液”的大幅图片时，我稍微有些诧异，随即又释然：这种家常气象，这种简单厚朴，可不就是“沁河玉液”的风格吗?

总经理张永红亦家常厚朴如一个村主任。随着他亲切浓重的乡音，我们走进了沁河玉液的深处：翻动酒糟的工人如麦收扬场的农民，蒸酒弥漫的热气如田野早晨的雾霭，储酒的木海则如农家的谷仓……

我在窖池边驻足，看着一方方的它们。窖池里都是窖泥，黑黑的，肥肥的，却不脏，且自有一种洁净。窖池很多，放眼望去，一排一排又一排，如同土地。

“这些窖池，都是宝贝。越老越宝贝。”张总说。他看着窖池的神情，如同一个痴迷的农人在欣赏丰收的庄稼。我忽然想起白酒广告上经常用的一个词：窖龄。窖池的年纪就是窖龄吧?

“粮食能变成酒，窖池最关键。好酒全靠老窖池来发酵。千年老窖万年糟，你想想这老窖池该多厉害。”张总说，“现在，二十年的老窖池都不多，三十年的就算稀罕，咱们这窖池自 1958 年建厂，都六十多年了。你想该是多大的宝贝？”

“随便把什么东西埋在这窖池里，将来都会成为酒吧？”我开玩笑问身边的一个工人。

“嗯，把人埋在这窖池里，也会成酒。”小伙子很有幽默感地笑答。

开始品酒。一口，一口，又一口。一杯，一杯，又一杯。我品着不同年龄不同性情的酒。刚刚蒸出的原浆酒，香气放纵，锋芒锐利，满身剑气，是少年的酒。然后，时光如怀，把少年的酒慢慢地拥抱出柔和温婉，棱角稍平，是青年的酒。再然后，酒性逐渐地越发内敛、中庸、醇厚，芳香变得沉默起来，成了中年的酒。还有一些酒，甚至有了夕阳的味道，一步步地成了父亲的酒、母亲的酒，祖父的酒、祖母的酒，曾祖父的酒、曾祖母的酒……无法言说的酒香如同一件越来越柔软的衣服，无微不至地体贴、包容和迁就着我的心。

不是有一句话吗，“人与书俱老”。喝酒喝到了一定时候，也是“人与酒俱老”吧。此处的老，不是衰老、老迈，而是成长、成熟。熟到人与酒都最美的时候。

看着酒，品着酒，闻着酒，说着酒，不知不觉地，我已有些醉了。是想掉泪的醉——也许，我已经掉泪了。只是没有掉在脸上，而是落在了心里。“酒入愁肠，化作相思泪。”

也不愁，也不相思，只是有泪。暖暖的，烫烫的泪。

“多喝几杯，回去就能写出好文章。”张总笑道。他这话对写作者而言该是最常用的劝酒词了吧？可是，也是最合适的劝酒词呢。忽然又想起那个工人的话：把人埋在这窖池里，也会成酒。醉意朦胧中，这话回味起来，是如此地意味深长，如此地具有象征性：生活在这块土地上的每一个人，谁不是粮食呢？这块土地，也是窖池。这窖池，早在我们被酿之前的几千年就开始运行，它的气息一代代地浸入我们的肌理、骨髓和精神，这窖池是如此深邃，如此阔大，它收藏着无垠的光阴，酝酿着无边的季节，也蒸腾着海一样的人心。更确切地说，它就是一个能量无穷的大母亲，既分娩和养育一切的粮食，也酝酿和储存一壶又一壶的好酒。

上溯到这酒的源头，我渐渐明了：原来自己就是一枚小小的粮食，很有幸地，慢慢被这土地分娩和养育成了粮食，然后，又被酝酿和储存成了酒。

我是好酒吗?

谁来喝我呢?

回去的路上，车再过桃花峪大桥。大桥两岸的黄河滩地苍苍翠翠，雾霭茫茫。沁河玉液，我琢磨着这个名字，这酒为什么要起这个名字呢？当然，毋庸置疑的，一定和沁河有关。而沁河又是一条什么河？看看它的履历吧：它发源于山西，自北而南经安泽、沁水、阳城、晋城，透过太行山，自阳城的拴驴泉进入济源紫柏滩流入河南，经沁阳、博爱、温县，于武陟南流入黄河。

沁河，是黄河一级支流。

沁河玉液，是浩荡土地的酒，更是沧桑黄河的酒。

这样的窖池配上这样的水源，真是再完美不过了啊。

两碗挞挞面

四川值得人爱的缘由很多。山水是一宗，青城、峨眉、乐山、九寨、黄龙，数不胜数。白酒是一宗，五粮液、剑南春、泸州老窖、蓝花郎、红花郎，酒酒美味。话音是一宗，女服务员叫“幺妹”，聊天叫“摆龙门阵”，舒服惬意叫“巴适得很”，入耳如歌。另一宗就是美食，“吃在广东，味在四川”，龙抄手、赖汤圆、钟水饺、灯影牛肉、川北凉粉……近日入川品尝到的，是雅安挞挞面。

雅安是第二次来。第一次来的时候就很喜欢，这第二次便是喜欢极了。雅安人颇有些骄傲，因为有一个雅字，便吃定了雅似的，菜单之外呢，天是雅天，地是雅地，河是雅河，花是雅花，男是雅男，女是雅女，人是雅人，文是雅文；菜单之内呢，笋是雅笋，鱼是雅鱼，那这里的挞挞面，应该也就叫雅面了吧。

第一个早上吃的挞挞面是在鼎鼎大名的“兰师傅”。因这里的店老板兰师傅曾给最高领导做过面而享有盛名。店名全称是“兰师傅荥经挞挞面”，墙上贴着如此简介：“荥经挞挞面，是在全荥经、全川、全西南也是小有名气的小吃。它的色、香、味、美、形，均是川中名小吃的佼佼者，已有两百多年的历史。历史以来，主要以胥、王、陶、宋、兰姓人家的面馆较有名，清末民初传入雅安、成都等地，成为县内县外著名的小吃……”

全荥经、全川、全西南、雅安、成都、县内县外——这地名排得，真是可爱啊。更可爱的是面的制作过程叙述：“挞挞面是一种手工面，做工非常考究。用上等面粉，加少许精盐及适量水分和好，反复揉和，搓成一小条一小条面坯，抹上少许菜油码好，盖上面巾，稍置片刻，便可挞面了。手艺好坏，一是看你拿的条数多少，一般一条就能煮一碗面，当地人称‘一手面’；二是看你挞得好不好，挞得既薄又均匀为上乘手艺。只见挞挞面师傅双手挞面，上下翻飞，挞得‘啪、啪’声响，就像跳动的五线谱，挞出韵味，挞出致富之花……”呵呵，挞挞面原来就是传说中的致富之花啊。

因手艺出众，某最高领导到雅安的时候，兰师傅被请到他下榻的酒店去做面。后来最高领导到了成都，想念此面，又特意把兰师傅请到成都去做面，从此兰师傅名声大噪，相继又给省市各级领导都做过此面。此面屡登大雅之堂，就成了雅安的“市面”，甚至有人称之为“中华第一面”——好吧，对潜藏于这一称呼背后的具有悠久传统的来自民间的自诩，我给予充分理解。

店里吃面的人很多，一茬茬来，一茬茬走，流水一般。我们几个找到空桌，落座，点面。面都是一样的，只是拌料不同，单上有十种：三鲜、清烧排骨、清烧大肉、杂酱、酸菜杂酱、红烧牛肉、素椒牛肉、干杂酱、烂肉豇豆、酸菜。前九种的价格一样：一两七块，二两十块，三两十二块。最末的酸菜最便宜：一两六块，二两八块，三两十块。

当地朋友询问我的意见，我没什么意见。以我的经验，这种时候，实在应当听他们的。他们也很明白这个，不再谦让，就替我当了家，点了面单的第一个：三鲜面，二两。什么菜都没叫，只点了四份面。这太好了，太合我心了，甚是符合我专业吃货的风格。我一直觉得，最理想的餐桌状态无非如此：单纯地，一心一意地就只吃某种食物。在家里做饭的时候，我一直是这么遵循的。吃面的时候只吃面，吃某种肉的时候只吃某种肉，比如今晚的荤菜如果有鱼，那就只是一道鱼，绝不会有鸡鸭。我一直狭隘地认为：这样才能吃出这个菜的好处来。

环顾四周，声名再大，这也不过是个寻常面馆——当地人称“苍蝇馆子”，这称呼听着恶心，来到实地却只觉得亲切。苍蝇馆子这一称呼似乎是四川独有，特指一些简陋的小饭馆。这些小馆子常常窝藏在小巷深处或者大街的边缘褶皱里，不干不净，价格便宜，味道别致，令人开怀。“苍蝇”二字可做多解，其一，馆子之小，小如苍蝇。其二，隐于市井，卑微如苍蝇。其三，店里常常确实也活跃着苍蝇。其四，厌恶它的人视它如苍蝇，喜欢它的人如苍蝇般追逐着它……在这样的小店里，孤鹜与落霞齐飞，奔驰和三轮并驾，汗衫与西装同座，拖鞋和皮靴相邻，民工和白领一桌——来自五湖四海的人啊，为了一个吃的目标，便汇聚到这里来了。

能具有如此凝聚力的奇妙之地，必然有自己的招牌。据说每个四川吃货心中都有一张独属于自己的苍蝇馆子菜谱：豆腐脑花、霸王黄喉、荷叶熏肉、面疙瘩鳝鱼、蒜泥豇豆、手撕烤兔……口水快出来了。苍蝇馆子，此名在绝大多数的时候，是一种爱称呢。

不过，“兰师傅”毕竟是“兰师傅”，怎么能类比苍蝇馆子呢？扯远了。

厨房在店面最靠里的地方，是可以参观的明档。我走过去，看师傅挞面。动作也无奇，不过是把一条面拿起来，双手抻开。和拉面的程序一样，只是这面显然要比拉面宽。和烩面也有些一样，只是这面看起来比烩面硬。我眼看着师傅手中一条面变成两条，两条面变成四条，四条面变成八条……如此几个回合，师傅便在面板上“啪啪”几下，面成下锅。

我们的面来了，每人都捧定一碗，二话不说吃起来。吃着吃着，旁边的朋友却放下了筷子，说这面没做好。“煮趴了。”

看我疑惑，他就笑。“煮得太过了。”

但我觉得还好，于是一口不剩吃完，浑身微热。

晚饭的时候，一个新结识的朋友悄悄告诉我："兰师傅只是名气大，其实有一家店不比它差，明天早上我带你去吃。"

"还去吃？"酒店有自助早餐券，浪费了我有些心疼。

"要吃的。"

好吧，那就吃。于是约了一下时间，如果不耽误赶飞机，又能吃上面，那就得早起。早起就早起吧。

饱食无事，晚上独自逛街，看路边的字牌，有趣得很。小饭店的橱窗上大大地打着三个字："辣得欢！"看了就欢。电信公司的广告是："电话敞起打！""敞起打"就是随便打的意思吧，可是"敞起打"的说法就很有气势，我仿佛看到了电信公司那宽阔的土豪胸怀。和出租车司机聊天也有趣，我说雅安这么好，要是不地震就更好了。他道："地震有地震的好啊。不地震这世界怎么会有变化？”我惊诧地看着他，他平静淡定继续道：“人总有一死，总是怕死，就死得不痛快。地震一来，人说死就死了，多利落啊。也蛮不错！”

青衣江边霓虹绚丽，笙歌处处，非常热闹。有小小的女孩子，自己拎一个音箱卖唱，三元一支。也有盲人设摊，弹电子琴给路人伴奏，一元一支。那个盲人很年轻，是二十来岁的男孩子，个子高高的，很精神。他弹着琴，微微笑着，琴艺娴熟，谁点什么歌他都记得谱子，且非常体贴地掌握着调门，随高就低，无论歌者怎么唱他都能和上。唱的人很多，一支接一支，兴致勃勃。小孩子们在众人围观的小小空地里嬉闹跳舞，和乐融融。我站在那里，看了好一会儿，简直舍不得走开。这样的情形，是多么让人温暖且心疼啊。

第二天一早起床，来到酒店大堂，朋友已经在等我了。此店离酒店不远，我们只穿过了一个街口就到了面馆。店名叫“一口鲜”。

“我昨天晚上特意给老板打电话，让他早点开门的。”

我有些愧疚。问自己：你就这么爱吃吗？

点的仍然是三鲜面，二两。或许是清晨的缘故，当然也或许是最高领导不曾光临的缘故，这里的人少得多，比“兰师傅”清静且干净。我们相对而坐，各吃一碗。

“好吃吧？”

“好吃。”

跟着夸是必须的。是对朋友的尊重，也是对面的尊重。我走南闯北的表哥吃遍天下，曾感叹：“每个地方的人说到自己地方的羊肉都像在赞美自己的情人。”同理，山西，陕西，河南……每个地方的人说到自己地方的面，是不是也都像在赞美自己的情人？——不，情人不如美食。一是对情人常常不能或者不好意思如此正大光明地赞美，二是和情人恩断义绝的概率远远要大过美食。如此，这个比喻应该把“情人”修正为“孩子”。孩子永远是自己的，且永远是好的。

“知道为什么这么好吃吗？”

“你说。”

“这里的面煮得很好，当然，先是挞得很好。”

嗯，挞这个字，用得也好。查字典得知挞字本意是“用鞭棍打人”，组词“鞭挞”“挞伐”，所以以前见到挞字，总觉得生猛暴力。此时这个字用在此处搭配面，却是再好不过。忽然想起，和挞搭配的另一个词也很不错：蛋挞。

识姜记

1

也许在很多人的感觉里，怀这个字的核心之旨便是怀抱的怀。于我的记忆而言，怀的第一要义却是怀庆府的怀——怀庆府，是家乡焦作的古称。小时候，每当听长辈们说起咱们怀庆府如何如何，我心里总是有些抗拒地腹诽着：都什么年代了，还府啊府的，听起来就很腐嘛。还有，府，这就是个大院子的感觉，明显不如“市”的气派大呀。

直到现在，才慢慢品出“怀庆府”的意味，实在是比“市”要深远，也比“市”更有温度——“我们都是怀庆府的人”，和同乡这么叙起来的时候，俨然共用着一个家门，可不是更有温度。

因为怀庆府，我们这一块豫北平原，还有一个别名，就叫怀川，又叫牛角川，因它是牛角状的。这一块由狭至宽的丰腴之地，四季分明，日照充足，地下水丰富，无霜期长，雨量适中，不客气地说，是种什么什么好，极有代表性的特产就是四大怀药：菊花、牛膝、地黄、山药。尤其山药最负盛名，对，就是铁棍山药——就是那个男人吃多了女人受不了、女人吃多了男人受不了、男女都吃多了床受不了、种多了地受不了的，铁棍山药。

除了这四大样，还有许多好东西。比如怀姜。

如同有羊的地方都认为自家的羊肉最鲜美一样，凡是种姜的地方，似乎也都认为自家的姜最好——不管别地儿的姜怎么想，反正我们怀庆府的人就当仁不让地认为：怀姜是全中国最好的姜，也许没有之一。

史载怀姜迄今已有1600多年的种植史，晋代诗人潘岳任怀庆令时，就留下了“瓜瓞蔓长苞，姜杆纷广畦”的诗句。这姜，在这样的地方，被种了这么长时间，如今又成了中国国家地理标志产品，怎么可能不好呢。

不过，说来惭愧，吃怀姜吃了这么多年，却从不曾见过它生长时的模样，唯一知道的是它和树没啥关系。唐代有个段子，叫《楚人有不识姜者》:“楚人有生而不识姜者，曰:‘此从树上结成。’或曰:‘从土地生成。’其人固执己见，曰:‘请与子以十人为质，以所乘驴为赌。’已而遍问十人，皆曰:‘土里出也。’其人哑然失色，曰:‘驴则付汝，姜还树生。’”

虽然主角是楚人，但我着实怀疑这故事产自我们怀庆府，因为其中提到了驴，我们怀庆府的沁阳就盛产驴，其特有的美味就叫作怀府闹汤驴肉。

2

终于，这个秋天，十月末，和几个朋友一起，在当地土著带领下，我在博爱看见了怀姜的第一现场。

怀姜又叫清化姜。所谓清化，就是博爱县城的所在地清化镇。因此以我非常粗线条的理解，怀姜约等于博爱姜。当然博爱本土对此还有着极其精微的认定，说到姜，博爱人有句口头禅："前乔篓，后乔筐，苏寨萝卜，上庄姜。"前乔、后乔、苏寨、上庄都是村名儿，这么说来，上庄姜一定是顶顶好的。不过以我的浅见，总觉得有点儿被神话的意思。同在一块大地上，相隔又不远，即使不是上庄，那其他村子的姜应该也会很不错吧。比如眼前的西金城村。

当家的地主老兄说，这片姜田有三百亩，属于他的有八十亩。一眼看去，果然是很大的一片地。湛蓝的天空下，姜田里呈现着悦目的秋香绿。有的姜苗已经倒地了，有的还在挺拔地生长着。横着也好，竖着也好，横竖交织出一种油画的质感。

我们撒欢似的奔到地里——不得不承认，我骨子里就是一个农民，看见地，心就跳得格外厉害，不，应该是伪农民，要是真正的农民，应该会表现得很淡定吧。伪农民首先做的事就是庸俗地拍照。整株的姜苗高度及膝，叶片的形状有点儿像竹子。我揪着一片叶子闻了一下，一股子不那么浓烈的，清爽的新鲜的姜香。又好奇姜花是什么样儿，有朋友说，姜花是白色的，有点儿像剑兰。

远远地，一些人花花绿绿地散落在姜田里忙碌着，应该是本地的农妇们吧。走近，果然是农妇们正在拔姜，摘姜。跟她们搭讪，她们只是憨厚地笑笑，不怎么接话。我们便也来到她们不远处，学着她们的样子弯腰去拔姜。拔姜拔姜，拔这个动词，听着就有游戏的意思，似乎不用付出太大的体力。可是我们拔一下，拔两下，姜依然在那里。再加一把劲儿，拔出来的姜块却是断裂的。

“不是那么拔的。”她们笑起来。连忙告诉我们，是应该用犁把土松一下，再去拔。

“那边的田垄有犁好的，你们去拔吧。”

好嘞。我们就去那边拔吧。

3

这下果然好拔了，几乎不费吹灰之力。于是我们拔啊，拔啊，拔了一会儿，便把姜们排成排，又是很庸俗地拍照，拍，拍，拍。和姜拍够了，又想和正在摘姜的农妇们合影，人家都不怎么情愿。是，我们这样，也真是讨人嫌，耽误人家干活儿呢。实在被我们纠缠不过，她们才跟我们勉强配合一下。合影的时候，她们笑得倒是也很开心。

拔够了，就摘。我们识趣地把摘下的姜块放在她们的姜堆上，聊作弥补。——不，不应该叫姜堆，应该叫姜山。小小的，山。想到张娇，就凑成了一句：姜山如此多娇。把这小姜山放在一个塑料桶里，就叫作一桶姜山。只管让那个“一统江山”磅礴去吧，咱们这一桶姜山，要的就是一个稚拙可爱啊。

摘姜就更简单，就那么轻轻一掰，姜块就乖乖地离了根茎。刚摘出来的姜，带着一点点嫩嫩的胭脂红，似乎有点儿害羞，非常漂亮。她们的身上还有一点点儿浮土，可那浮土是那么干净，一点儿也不脏，反而使得她们的胭脂红更为动人——不由自主的，就把姜称为了“她们”，可这样的小模样，不就是少女才有的神韵？再一琢磨，姜，这个字，看起来就是美女的简写嘛。

——被人嘲笑过几次，不敢妄自揣测，连忙查了度娘。度娘说，姜，字从羊从女。“羊”，意为“驯顺”，与“女”相合，意为“驯顺的女子”。这么说，从造字本意来看，姜是指像羊一般温顺的女性。作为姓的姜，身份就更为贵重，她起源于母系社会。姓和氏在古代有严格区别，姓代表氏族的血统，称为族姓，是区分血缘的识别标志，所以最早的姓，如姚、姬等皆从女。

原来，姜还真是有性别的。果然就是女。

4

那么，“姜是老的辣”的老姜，又有什么讲究呢？农妇们告诉我们，就是把鲜姜存放起来，存放个半年以上，最好是一年以上，就是老姜了。总之，是得隔年。隔年，就意味着这些少不更事的鲜姜最起码要经历春秋冬三季，把这世上的风霜雨雪尝个差不多。

然后，就真的老了。

然后，就真的辣了。

然后，就像《吕氏春秋·本味》里说的那样，成了“和之美者”——调和食物的美味。

朱熹在《论语集注》中的夸赞更给力，他说：“姜能通神明，去秽恶。”

毫无疑问，有这等强悍功能的姜，必定是老姜。

什么又是最好的老姜？农妇们给我们找出一排嫩姜下面牵连着的那块姜，说这就是最好的老姜。每到种姜时节，她们会挑选出上好的姜，让她做母亲。而这些姜做了母亲之后，又会被激发出最大的能量，从而成为最好的老姜。

也就是说，能用来做母亲的姜，就是最好的老姜。这些个老姜，就叫作姜母，或者母姜。

“女子本弱，为母则刚。”这话，说的原本就是姜吧？或者，可以换句话说：“女子本弱，为母如姜”？

和娇嫩的子姜们相比，这块老姜已然是一副老母亲的模样，黯淡，沧桑，沉着。——她不美。不过，用美不美来形容她，也是不适合的。极不合适。这最好的老姜，已经超越了美。或者说，她有着最大的美。

告别时，农妇们仍在田地里默默地忙碌。最后和我们合影的是一位脸膛黑红的农妇。看我贴在她的身边蹲下，她让我离远一些，说她的衣服脏。怎么会脏呢？我紧紧地挨着她。她叫什么名字，我不知道。我知道的是，她一定是一位母亲。

5

中午吃的是鲜姜炒肉片，自然是鲜得掉眉毛。有行家在，一路长知识，听他们条分缕析地讲怀姜的好，就更觉得口口美妙。和别家的姜比起来，怀姜到底好在哪儿？他们说，怀姜有几个“格外”：味道格外辛辣，丝格外细，还格外耐煮，简直是百煮不烂。有人感叹，只是这姜再好，大多也不过是用来厨房调味的配角，炖汤，炒菜，这些用度都微乎其微。相比起来，感冒时熬姜汤喝它倒是主角，可谁整天感冒呢？这姜再好，也不能为了喝它而整天感冒吧？

“喝姜糖膏嘛。”

是啊，怎么把姜糖膏给忘了呢。姜糖膏装在一个小小的瓶子里，有点儿蜂蜜的样子，一入口，你就会知道，它和蜂蜜很不同。既是姜熬出来的膏，自然是姜的精华，这精华的效用就近乎可爱的保健药：驱寒，发汗，化痰，止咳，补中，养肝，解酒，止吐，防暑，除湿……对于女人尤其好的是，可以用来暖：暖宫，暖胃。我胃寒，喝它用来暖胃正对症，所以常在手边放着，想起来就冲一杯喝。有时候喝咖啡，也用它替代蜂蜜，居然也有很不错的口感。

“想亲手熬吗？一会儿带你们去感受一下。”

我一怔。从来没想到要亲手熬它。熬，想起来就觉得艰难。尽管我好奇心很强，对这件事却还是知难而退。若不是这一天来博爱拔姜，我想这辈子也不会去做这件事。

确实有些出其不意，好在准备起来也很简单。等我们到了操作台前，黄澄澄的姜汁已经备好在玻璃瓶里，众目睽睽中，四个人各执一瓶，很有些仪式感地一起把姜汁倒入锅中。行家们在旁边指点着，我们用勺子搅啊搅的，等到稍微热了一些，就放进了一块红糖——是一大块，砖头那么大的块，说是古法红糖，赤黑里微微泛红，让人一看就口舌生津，仿佛尝到了一股凝固的甜。

按说这么一大块糖放进锅里，肯定会融化很长时间吧？却没有。如冰遇火，只过了一会儿，糖就完全不见了，汤汁黏稠了许多，颜色也深了许多。于是就再用勺子搅啊搅啊，眼看着汤汁越来越热，越来越热。按说那么大一块糖融进去，汤肯定也会显得多吧？不知怎的，一点儿都不多。

到底是有些单调的劳动，最大的娱乐就是边熬边尝，我们聊着，搅着，隔一会儿尝一小口，再评判着。汤汁是宁静的，可尝到舌尖上却让人惊心动魄：那么辣，那么甜！这辣，不是辣椒的辣，辣椒的辣，是急吼吼的辣。也不是胡辣的辣，胡辣的辣，是粗鲁的，浓烈的辣。这就是怀姜的辣。这姜的辣，是细腻的，内敛的，含蓄的辣。

汤汁越来越浓。熬了有个把小时之后，我们暂停，把汁重新收回到了玻璃瓶里，恰好还是四瓶。多了砖头块大的红糖，居然还是四瓶。这真是有些奇妙啊。

我们各自带回去一瓶，说是要继续熬，把它熬成。也不知道他们熬了没有，反正我第二天就自己熬了。

6

我是用煮花茶的玻璃壶熬的，为的是看。熬起来才知道，根本看不清，汤汁在玻璃壶里，一片雾一样的混沌。

那就不看吧。且任它熬去。这边看两页书，那边熬半个小时，就停一停。再写几行字，那边再熬半个小时，就再停一停。总之是，这边做着事情，那边任它熬着。

心，越来越静了。

突然知道了为什么以前会认为熬有艰难的意思，那是因为熬的前面总有一个字，是煎。《说文解字》里说："煎，熬也。凡有汁而干谓之煎。"如此说来，有汁不干就是熬了。再去辨析，煎和熬果然有细微的不同：因汁干了，煎和火的距离就近，热的速度就快，脾气就爆，性子就烈。不是有个词叫"急煎煎”吗？熬呢，就不那么快，不那么爆，不那么烈。只要有汁，有耐力，有静气，有时间，那就按照自己的节奏来吧。所以，也有个词，叫“慢慢熬”。

从上午到下午，一整天，这点儿姜糖汁，我居然熬了七八个回合。加上在博爱熬的，算起来，该有四五个小时了。等到汤汁越来越少，到了玻璃壶的最低限，它开始报警，这表示它实在是熬不动了，我又不想这时候再加水，于是方才意犹未尽地终止，把熬好的姜糖汁一勺子一勺子地收到了玻璃瓶里——不能倒，太黏稠了——居然只装到了瓶的四分之一。

这时，我终于可以确认：汁成了膏。

晚上，有朋友来访，问我，你家这是什么香气？

有香气吗？

很浓。你还真是入芝兰之室，久而不闻其香。

不是芝兰，是姜糖膏。

哦，是姜香啊。她感叹着，在客厅里转来转去，突然指着一个瓶子里插的东西问，这是什么？我说是姜叶。拔姜时，我顺便把一束新鲜的姜叶带回了家，就插在了这瓶子里。

怪不得呢，这叶子也有姜香哩。她笑道，怀姜这名字，意思就是姜香怀抱着你吧。

我拼命点头。

秋麦难吃

不管怎样，到了今天，也算在文字中活了一把年纪，随着年龄的增长，对于民间话语，我是越来越感叹和敬畏。

比如最近听到的这句话：秋麦难吃。

某天下午上班，办公室里最年轻的女孩子举着一只烤白薯走进来，说刚才在买白薯的时候，听到一个老太太在和另一个老太太聊天，说到她们的一个熟人得了什么病："她泪盈盈地说了一句话，说怕那个人秋麦难吃。请问各位老师，秋麦难吃是什么意思？"

大家面面相觑。没人知道。我也茫然。暗自揣测：秋麦，秋天的麦子？秋天是没有麦子的啊。五黄六月，焦麦炸豆。应该是在六月份才对。对了，听说东北的麦子熟得晚，难不成在东北叫秋麦？那两个老太太是东北人？

推测永远没有结论。我便去网上查百度，百度里关于秋麦有两个词条，第一条说秋麦是成熟的庄稼。第二条说秋麦指的其实是麦秋，意思是收割麦子的时候。这时候忽然想起了大学时的古汉语，恍然大悟：“秋”字，本身也就有庄稼成熟的意思。如此，在那两个老太太的语境里，秋麦就是指五黄六月的成熟麦子了。

那么，秋麦难吃呢？表面的意思，应该就是新麦子不好吃了——但这显然不合情理。从来都是说陈麦难吃，没有说新麦子味道不好的。那或者可以解释为：不容易吃到。这就通了：放到病人身上，就是说病人吃不到新麦子了——如果是秋冬说这话，那就是说吃不到来年的新麦子。如果是春夏说这话，那就是说吃不到今年的新麦子。再进一步解释，那就是说，活不了多久了，长则大半年，短则两三个月。同时，难吃二字还可以兼指为：病者的亲人和家属吃到新麦，舌尖上的滋味也不复甘之如饴，因为，那个亲爱的人，他再也吃不到了。

如此情状下的秋麦，果真是难吃，简直难吃到了颗粒难咽的地步。但是，请原谅，在我的意识里，“秋麦难吃”这四个字的味道却是如酒般厚醇——其优美伤感委婉含蓄和简约的程度已经抵达我想象的极点。只有从历史出发，从土地出发，从季节出发，从植物出发，从心情出发，从人生的很多原点出发，才能抵达这小小的四个字。其间的意蕴，犹如一方深小的沧海，或桑田。

一杯白茶

1

单听名字，茶也是有颜色的。如湄潭翠芽、蒙顶黄芽、君山银针、祁门红茶、安化黑茶……我最晚喝到的，是福鼎白茶。

缘分是最奇妙的事。碰到一种什么茶，也是缘分。喝白茶是因为有一次出差忘了带茶叶，有朋友把自己的茶叶分享了一些给我，就是白茶。她把茶用白绵纸包着，给我的时候反复叮嘱，这白茶已经有三年了，是好寿眉呢。只需放一点儿，你就只管泡，能管一天呢。

那是我第一次喝白茶。沸水泡上，就有好闻的药香味弥漫开来，茶色是浅浅的黄。刚入口，也不觉得怎样。想着就是茶呗。我还有点儿挑剔地，想着这个黄也太淡了些，不亮眼。出乎意料的是，就这几片粗叶子，从早泡到晚，果真也还是这种淡淡的黄。只是到后来，茶味里没有了药香，只余甜香，当然，也还是淡淡的。喝了一整天，不但睡觉无碍，似乎还比平时好了些。

从此，就对白茶上了心。知道白茶的老家是福建福鼎，就念叨着什么时候能去福鼎一次才好呢。这个初夏，就有了到福鼎的机会。所谓的心到缘到，就是如此吧。

2

到福鼎的第一天，在天湖茶叶基地的绿雪芽白茶庄园见识了最有形式感的喝茶，名为申时茶。

早就听说过申时茶，也常喝申时茶——下午三点到五点，就是申时，这时候喝的茶，不都是申时茶吗？如此说来，其实申时茶我是天天喝的，只是从没有这么煞有介事过：用鲜花水洗手，穿上茶服，一干人等围着长桌坐下。左手执杯，右手托杯。依着司仪的口令，呼气，吸气，一杯尽，一杯添，一杯添，一杯尽，就这么一杯一杯地喝下去，似乎可以一直这么喝下去。

这个过程中，司仪的规矩是保持绝对安静。这倒是好的。不过，还是有人调皮地破了规矩，低低地讲着什么，不时嬉笑起来，这倒也是好的。就是这样。不说话也好，说话也好。都好。不说话的好，是专心品茶。说话的好，是不那么矫情。长年累月地焦躁着，突然这么多人一起，以这种形式安静下来，多少是有些造作的。有静不下来的，该说话就说话，这才是道法自然吧。

茶服是暗红色的，材质是厚厚的棉布。空调也关了，坐在那里，该是闷热的。可一心在茶这里，也就不觉得多么闷热了。一杯一杯的，就喝出一身汗来。不过，即使全身都出了细密的汗，也只是觉得畅快。

一共喝了七杯。

突然想，为什么是七杯呢？

七这个数字，有点儿讲究。一周是七天，音乐是七律，色有七彩，人有七情……是这些个道理吧？那么，如果换作六呢？六六大顺，五脏六腑，六道轮回，人有六欲……也能讲得通吧？

不想那么多。阳光很好，只管喝茶。山林寂静，只管喝茶。数不清在这之前，已经喝了多少茶，什么茶，更不知道在这之后，还将喝多少茶，什么茶。只知道，眼前只有这一杯白茶。

千万杯茶，也就是眼前这一杯白茶。

既是茶乡，便好像人人懂茶。这里的人们常用三字一句的节奏介绍他们的茶：色泽翠，茸毛多，节间长，香气高，滋味浓，耐冲泡，条索肥，白毫显……像诗一样。好听。

3

点头镇是福鼎最具特色的白茶小镇，在这里，果然必须得点头。因为除了赞叹，还是赞叹。走的是茶路，歇的是茶亭，唱的是茶歌，吃的是茶点……小镇上的人们过的，俨然就是最彻底的茶生活。全镇80%以上的人口从事的是茶行业，茶叶店铺有千余家，茶叶加工企业有两百余家。官方有开茶节，民间有白茶制作技艺传授节和斗茶赛。简直是人人皆白茶，无处不白茶。人养茶，茶养人。在这里到了极致。

六妙白茶公司的巨大茶窖，一走进去，我这个没见过世面的人就惊呆了。这是中国首家数字化茶窨，采用的是只能专业化的生态仓储管理系统，可窨藏白茶三千多吨。只见一个个藏室里，纸箱装，木箱装，陶罐装，瓷罐装……顶天立地，全都是茶，可以说是三百六十度无死角的茶世界——连走廊的地板都是透明玻璃，玻璃下面是一排气势恢宏的茶叶坛子。封藏大典的特制箱最为贵重，箱体上，一个名字如星光闪耀：梅相靖，梅相靖，梅相靖……我知道，他是福鼎白茶制作技艺的国家级非遗传承人，目前为止，他是获此殊荣的唯一的福鼎茶人。

有意思的是，有他头像的那些茶盒，果然就格外耐看。好像有他在守护着这茶似的，让人格外安心。

出了门，到大堂喝茶的时候，一群人簇拥着一个老人走过来，我便知道，梅相靖，就是他了。那么多人围着他，那么多手机相机对着他拍，他应该也是见惯了这种场面，只是微笑着，用浓重的我几乎听不懂的方言讲着茶。谦和纯朴的神情，就像一个最普通的茶农。我站得很靠外，我努力辨析着他的声音。他的声音一点儿也不高，低沉，安静，如茶一样。

4

在纪生缘广袤的茶园里，我种下了一棵小小的茶树。这是我在福鼎仅有的劳动机会，我的心意是由衷地珍惜。好茶是天时，是地利，更是人和。要经过多少人的辛苦劳作，才能喝到一杯好茶。像我这等不劳而获的庸俗茶客，很愿意以这种方式——尽管是矫情地作秀——来向福鼎的茶人们表达些微诚恳的致敬。

确实，作秀的成分更多，因为前期工作已经做到了八九成：树坑已经挖好，半人高的茶树也已经虚虚地立在了坑中，剩下要做的事，就是用铁锹把坑边的土培到树坑中去。一个面色黧黑的茶农大哥在一边默默地站着，面带微笑。我便知道，他是真正的主力。

纪生缘的领导陪着我一起培了几锹土，合影留念后，忙碌的领导便走了。我延宕了一会儿，又往树坑里培了一些土，然后，请那位茶农大哥和我一起合影。他欣然同意，让我很是荣幸。

我的茶树，是12号。

“乔老师，你放心。我们保证你的茶树能种活，年年都能采茶。”纪生缘的朋友们说。

嗯，我很放心。怎么会不放心呢？在此地，茶树宝贵。不管这棵茶树是谁种下的，他们都会善待它。和宝贵的茶树相比，乔老师的薄面实在不算什么。茶树的面子，比乔老师的面子大多啦。

在纪生缘忙活了一场，没有顾上好好喝茶。午饭时候，服务员把我的杯子灌满了茶，说留着一路慢慢喝。小姑娘还递给我一瓶纯净水，纯净水里泡着茶，是白毫。她说，这叫“冷水泡茶慢慢浓”。

5

临别前的那天晚上，晚饭后，我又被一位本地的姐姐拉去喝茶。江湖高人胡师傅还带来了他的得意之作，一一泡给我们品。四五个人，喝着聊着，深夜方散。

我们喝到了什么？十一年的大白毫，纯美无比。还有五年的寿眉，先是药香浓烈，喝着喝着就纯净起来。还喝到了今年的新茶：荒野牡丹。

我说得少，主要是听。听到了什么？太多了。都是茶话，散散淡淡的茶话：

老白茶老白茶，都以为老的最好，其实新的也很好。

是啊，哪一种好的老，不是从好的新开始的呢？厚古薄今，厚老薄新，都是偏见。

福建茶里，铁观音和老白茶好有一比。前者是一见钟情，后者是日久生情。

用十年的老白毫银针，加雪梨，加新会陈皮熬炖三碗，治牙疼。是个好偏方，灵着呢。

眼睛要是干涩了，用老白茶水熏熏，也灵着呢。

以前白茶只在药店里卖，功能如同犀角。

同仁堂每年都会来这里选购银针，作为药引子。

哈里王子大婚定制的品种，是花香牡丹。

不是容颜容易老，而是白茶喝得少。

用鲜白茶叶炒鸡蛋，很好吃的，这道菜叫黄金翠丝，多好听。又苦又香，苦得深，香得浓。

……

喝得满满当当，听得满满当当。回到酒店，一夜安睡，醒来，脑子里清明如晨露。

6

回程的路上，抽空看了一个福鼎电视台拍的梅相靖的纪录片。镜头里的他，依然是浓重的地方口音，如果不看字幕，我就一句也不能听懂。他花白的头发在微风中轻轻晃动，白发和他真是相得益彰啊。

他不是静态地接受采访，而是一边干活儿一边说着。他说采茶，说揉捻，理条，说晾青，说一刀一枪也就是一芽一叶，说晾青不能太厚，说晒青最好在北风天，上面有太阳，下面有风。说太阳不能太烈，说不能直接用手去接触茶叶，说温度湿度和时间的作用，说白茶要以晒为主，以焙为辅，说萎凋的白茶至八九成干，萎凋后的茶芽再摊于焙笼之上，文火焙至足干……

萎凋，这个词，让我有点儿走神。萎，凋，在别的语境里，它一定是垂头丧气的，唯有用到这里，它才会是如此可爱。因为你知道，这个萎凋不是真的萎凋，它还有后劲儿的。它的后劲儿，绽放在茶杯里。

我注意到，福鼎的人们总是尊敬地称梅相靖为大师，他的茶，人们誉为“大师白茶”。大师何以成大师？我想，也许恰在于小——大师总是专注做一件小事，他会用心做很久，做到了极致，也就成了大师。

7

福鼎归来不缺茶。回到家里，不过几日，就收到了福鼎的朋友们陆陆续续寄赠的白茶。有六妙，有纪生缘，有朋友的私人订制茶，还有一款来自福鼎磻溪镇大洋村，茶品的名字叫“一叶九鼎”，我附会上自己名字里的叶，不由莞尔。

好茶自然是要和朋友们分享，才是更好。朋友们品着，夸着，笑说：“没有对比就没有伤害。你口味刁钻了，以后没有好白茶喝，看你怎么办。”

我也笑。一时无话。我不知道怎么才能说清楚，其实，对我而言，即使有对比，也没有伤害——有茶喝就好。在何时到何地，就喝怎样的茶。称不上是茶的花茶：桂花茶、菊花茶、玫瑰花茶、茉莉花茶、栀子花茶，是好的。搁不住两泡的袋装立顿红茶，也是好的。实在没有茶，只有烧开的白水，也是好的。甚至，更好。谁知道呢？

茶汤在杯，茶意在心。有茶的人，即使杯里没茶，口里没茶，心中也是有茶的。没茶的人，即使杯里有茶，口里有茶，心中也是没茶的。

……不深辨了，权且喝茶。如我此刻，杯里有茶，口里有茶，心中也有茶的，算是有福气的了。是吧？

厨师闲谈录

某日，和一位豫菜名厨闲谈，聊得是洋洋洒洒，忆起来甚是有趣，觉得简直就是天然文章。凭印象整理出片段若干。

学徒

我当小学徒的时候上课，那真叫上课，苦上课。不，我们不指定跟哪个师傅。大饭店里的小学徒，不是单个儿拜师学徒。徒弟是大家的徒弟，师傅是大家的师傅，这样不容易拉帮结派，也能多学多教。

我们一帮小伙计先学宰杀，学物料分档，也就是分档取料。比如牛羊猪肉鸡，虽然都是肉，可一物是一物，物性各不同，它们每个部位的用法也都不一样，把它们按部位分解开，就是分档。我们最开始学着给鸡分档，鸡有十二个分档。脊肉不老不嫩，切丁合适。腿肉肉厚，切丁切块都合适。比起来里脊肉自然最嫩，切片切丝都是好的，斩茸也好……这些你都知道，不说了。学会分档后，一只鸡我很快就分得利利落落。后来学着给猪分档，学会后，一条猪后腿我一袋烟的工夫就能分好，那感觉老美。一袋烟多长时候？算起来也就是四五分钟吧。那时辰我就知道，做菜的享受可不是油锅里那几下，能把一个猪后腿利利落落地分好，那也是享受。

蔬菜也一样得分档。比如白菜。过去冬天没菜，白菜是要紧蔬菜，哪个厨师都得学会料理白菜。白菜帮、白菜叶和白菜心都得分开做。白菜帮做酸辣白菜、醋熘白菜、白菜炒肉片、白菜炒肉丝。白菜叶做白菜汤、白菜卷、白菜包肉。白菜心可主贵，有一道菜叫牛肉菜心。把牛肉切成很细的丝儿，白菜心拌进去，那就是上好的下酒菜。再比如芹菜。芹菜叶、芹菜秆和芹菜心都怎么做？芹菜叶是蒸的，芹菜秆是炒肉片、炒肉丝。芹菜心嘛，也是生拌最好。这些过去都分得一清二楚。现在可多饭店都不管了，都是不分青红皂白，一剥一剁就下锅啦。

小学徒的课业完成了，就该正经八百地拜师傅了。这是个大事。特别大。这个行当，认一次师徒不容易。怎么说呢，简直就是一辈子的事，终身大事。一日为师终身为父，父哪里是能随便认的呢，当然得有仪式。有仪式和没仪式，还是不一样。要么一男一女结婚干吗要典礼呢？一拜天地二拜高堂的，生了孩子干吗还要办满月酒呢？又是长命锁又是百家衣的，是吧？

正式成了师徒，那两个人之间就没有任何保留了，就是亲人。我师傅，他厉害呀。手艺好是不用说。他参加过溥仪的登基大典，在宫廷里做过菜的。又给溥仪的老师庄士敦做过饭，还在上海给汪精卫和杜月笙做过饭，解放后周恩来亲自下令把他调到政协礼堂，去做总厨师长，一直到退休。那手艺能不好？

我师傅他不仅是手艺好，品行也让人敬重，就退休这一件事就能看得出来。虽说那时候他的味觉和嗅觉退化了，可是凭他的资历，想要在这位置上多待几年，谁也不能说个不字。他不。他坚决要退下来。他说该让年轻人上，说要留余地给后人。他说只要他占着那个位置，一来是徒弟们老想着指靠他，总有个惰性。二来是徒弟们也受拘束，想要做个什么创新都得看他的脸色，他皱皱眉他们就得反复掂量。还有一点，有什么好事徒弟们也得礼让他。当烹饪大赛的评委了，高层领导要接见了，形形色色的荣誉表彰了，都不好越过他的层面去。电视台来采访，需要表演性地做菜，唱主角的肯定是他，采买原料和案头准备就都是弟子们。到时候镜头对着的是他，观众都以为是他在做菜，殊不知他把菜放进锅里之前，别人已经给他做了九成五……他说他已经沾了不少光了，不能再沾光了。弟子们仁义，他也不能亏心。该退出去就得退出去，不然自己老脸无光，也招人怨恨。

我跟了师傅十二年，他才让我正式拜师。我师傅在的时候，我一直不敢说带徒。虽然也有人称我为老师，也跟着我学，可一直不敢让人家正式去举行仪式。师傅还在，我要是收徒就觉得自己轻浮：你就把师傅的本事都学到家了？你就那么行了？不敢这么想。

师傅去世之后，我非常痛苦。他在的时候可以跟他聊，他走了才发现自己想问的问题那么多，可是必须得自己去想，去思考，去面对。“你不再是个孩子了。”这个最痛苦。

食材

食材长成不容易，都是天地精华雨露滋润的东西，得爱惜。分档就是教我们对食材要用尽，要用透。用尽用透了，这就是爱惜——个头儿过大，过于稀罕，或者看起来奇形怪状的，却不宜吃。比如鱼长到了上百斤，老鳖长得太有年头，身上都有绿毛了，这些就不能吃。这些东西都是成精的，不能吃——黄瓜皮，咱把它剁碎，挤出汁儿，再和鸡肉配到一起，做成青果鸡，好看又好吃。茄子都做茄子肉，谁做茄子皮？咱做。他把茄子皮切成象牙块，拖面勾芡油炸，然后搁笼焖蒸，做出来让大家伙儿尝，都说好吃，都不知道是啥东西。咱还做茄子腿——就是包茄子底座那一块，茄子蒂，再带上那个柄。过去这一块也是舍不得扔的，要切碎，炒菜吃。它还是一味中药，治背疮病毒。咋做？我看村里的郎中做过，就是把它晒干，在锅里焙得焦黄，冷下来，再研成细末。人一生疮，就把它拌成稀糊，涂在疮上，七天就好了。不过制成药就不叫茄子腿了，我听见郎中叫它“天丹散”。

现在要找到好食材，可是不容易。人多，想要高产量，就要想办法，就有了大棚、化肥什么的，拔苗助长让它长大。现在的人也古怪，就爱吃奇巧新鲜，冬天的菜非要夏天吃，夏天的菜非要冬天吃，哪还分个春夏秋冬，还觉得这可好。说到底，吃菜还是要吃时令菜，时令菜就得在田里野长，比如白菜萝卜，它就是冬天长的，味道正，有营养，也价廉物美，叫人人吃得起，人人活得起，这是上天公平的地方，仁厚的地方，这就是自然法则，这就是天道天规。

人得守这天道天规，不能违反。你要是违反就得受罚，就有报应。所以，人定胜天，这咋可能呢？肯定不对。在有些事上人可以和自然斗一斗，咱们的很多科学发明都是斗争的结果，但是在大的方面，是不能和自然斗的，要守它，不然失败的肯定是人。就说吃吧，你要是乱吃乱喝，就是会得怪病。比如猪肉，猪肉就是要吃肥的，肥猪肥猪嘛，肥肉才好。你硬要吃瘦肉的，好吧，瘦肉精来了。牛羊肉呢就该吃瘦的，你非得吃啥小肥牛小肥羊，好吧，复合肉来了。再好的面擀的面条它的筋道也有个度，你硬要它筋道得扯拉不断，好吧，蓬灰来了……老天爷不会那么听你的话，你硬拗就是会有报应，还是让你搬起石头砸自己的脚，自己报应自己。

食材长得好，自然是得力于水土。水咸土甘生万物嘛，也是得力于风候好。说起来都知道有二十四节气，有多少人不知道还有七十二风候咧。庄稼不能光靠太阳雨露，还得有风，有风的营养——别看风空来空去的，它可是有大营养的！尤其是瓜果。如果种瓜果不透风，那肯定完蛋。所以种葡萄、西红柿、黄瓜什么的，都要搭架子让风刮过去。风跟风还不一样。院墙里的风，村子里的风，城市里的风，平原上的风，山沟里的风，结出的瓜果肯定两样。海边的风，河边的风，湖边的风也都有各自的脾气，它们养出的东西也都带着它们的脾气。这就叫风候。常听人说啥饮食科学呀，饮食文化呀，要我说，这就是科学，大科学。这也是文化，大文化。

知音

我跟你说，咱们行内的人只去专门的面店买面，专门的青菜店买青菜，专门的鱼店买鱼……不约而同地，那些老板就会把最好的东西留给咱。为啥？因为咱懂物性。

一个厨师不懂物性，枉为厨师。物性是啥？就是说这个地方的气候温度就适应长这些东西。这个地方的人呢，必须要吃这些东西，才能够抵抗自然给予的那些不好的东西。——有好的东西，自然也有不好的东西，人们在这里生活久了，就学会了用好的东西来抵抗那些不好的东西，这就是平衡。比如橘子皮去火，橘子肉上火，这二者就平衡了。十年陈皮贵似金嘛。西瓜肉上火，西瓜皮去火，这二者也平衡了。瓜皮翠衣苦夏宝嘛。一个水果本身就能够平衡，一个地方的物产怎么会不平衡呢？

我们常说的水土，也就是这个道理。你们怀庆府，四大怀药很有名吧，可是一离了你们这块地方，也就不行了。怀山药，铁棍山药，一过了黄河就失了药性，都是这个道理。四大怀药为什么好？焦作是个小盆地，背靠太行山，前面是黄河，风水好。而且没被黄河淹过，旱涝保收，土质水质都好，它就适合长这些药材。还有你们那武陟油茶，那油茶只有武陟本地味道好，换个地方就是不行。武汉的热干面到了咱们这里也是不行，都是一样的道理。

所有的食材都有物性，懂得物性才能把食材做好，因为物性是食材的生命。所以老祖宗留下一种说法就是“以物循性，以性循法，以法循烹”。那些老板都知道，咱是最懂物性的人，把这些好东西给咱，就是给了对的人，这也才不会糟蹋好东西，因为这些好东西在咱手里会做到最好。只要咱承认了他们的好东西是好东西，他们就觉得有面子，他们就会对别人说：谁谁谁都会在这里拿货呀！咱在他们手里拿货，他们会觉得，这证明自己也是行家。其实他们给咱的价钱一点儿都不高，他们说和钱没关系。他们不会赚咱的钱。

啥是知音？这就是。在这种情分上，你就会觉得：要那么多钱有啥用？没用。

鲤鱼

外人听着咱们说厨行也是科学文化，或许多少会觉得玄。对咱们这些内行人来说，可一点儿也不能觉得玄。鱼翅鲍鱼这一类的干海货，我一摸一捏就知道这货是秋天收的还是冬天收的，是好还是赖，发了以后能出多少菜。这是基本功。没有这点儿基本功还当厨师？这基本功也不是多难练，多经见一下啥都有了，这些东西自己都带着一方的味儿呢，它们往这一放，都带着一份明明白白的说明书呢，这说明书不是用字写的，就是让你下功夫来念的。

就说黄河鲤鱼吧。咱们豫菜离不了黄河鲤鱼。按说鲤鱼就罢了，为啥非得讲究个黄河鲤鱼呢？这里面说头儿多了。没错，湖里也有鲤鱼，池塘里也有鲤鱼，可是我跟你说，鲤鱼还是黄河鲤鱼最好。一说“鸡吃谷豆鱼吃四”，这说的是池鲤。四是四月，就是春天。开春了，天暖了，池塘里能吃的小玩意儿多了，鲤鱼就开始活泛了。为了生养就开始大吃二喝，自然就肥了。到了四月份，那肉厚味美是不用提了。湖是大池塘，地气足，水质肥，养分大，比池鲤就要好吃一层。又一说“瓜熟鲤鱼肥”，这说的是一般的河鲤。一般河鲤是六、七月份的好吃。夏天雨水勤，雨水冲着树叶、草籽进了河里，成了鱼们的好吃食，它们的膘就刷刷地长，没几天就是一道好菜。还有一说是“十月鲤，鲤上鲤”，这说的就是黄河鲤鱼。黄河原本就水流量大，含氧量高，到了秋季，黄河还容易涨水，水一涨，大水把两岸的杂草一淹，鱼在草里，就像进了大粮仓，那可是自在透了。秋天水也寒哪，为了顶冷，也为了储备冬天的营养，鲤鱼那是拼命地吃啊，吃啊……鲤鱼是两年熟，头一年的鱼苗到第二年的秋天正好长成一斤多重，一尺左右，这个时候，哪能不好吃呢，最好吃。“鲤吃一尺，鲫吃八寸”，这句话就是这么来的。还有一句：同是一斤多重的十月黄河鲤，雄鲤鱼味道要比雌鲤鱼好。为啥？雄鲤鱼不养孩子不分心，一门心思长自己个儿啊。

说黄河鲤鱼好，那是在咱们中国。我吃过的最好的鲤鱼是在马来西亚。去马来西亚那次，一桌人吃饭都是胡乱吃，我只尝了一筷子就知道，这种鲤鱼是极品。每次吃饭，我们都点那条鱼，那条鱼都是我一个人在主吃……我才不跟他们说那么多呢，他们爱吃不吃，吃了也吃不出好来，也是白吃。我要负责任地告诉你，最好吃的鲤鱼就是它了，它的名字叫忘不了，好听吧？它是河鲤里游得最快的，也很聪明，是钓游对象鱼中高难度的挑战鱼种。它喜欢吃风车果，风车果是一种森林野果，味道本来就很好。这果子进了河里，就是这种鲤鱼最中意的美食。所以它自带香味，这是它好吃的最大秘密。

现在外国人很会吃了。不过他们的历史曾经也很吓人的。有一年，我去古罗马的庞贝城玩，这个地方在意大利西南海岸，紧邻着那不勒斯海湾，连接着罗马帝国和世界的航运贸易，所以在古罗马时期经济很发达，许多贵族和土豪竞相比较，生活越来越荒唐。男女之事上就不说了，单说吃的，那可真叫一个丧心病狂。我在参观厨房遗址时知道了他们当年的菜单，我的天哪，他们吃母猪的阴道、野公猪的咽喉、火烈鸟和鹳鸟的舌头、夜莺的肝，饭后点心有一种是腌制过的、带甜酸味的海鳝。这种海鳝在食用之前，还要用新宰杀的奴隶肉喂养几天……这么比起来，咱们豫菜可是够文明的。

豫菜

咱们豫菜，那可是各菜系之母。都说豫菜很落后，数不着。还有豫菜吗？常有人这么问。这话问的，唉。八大菜系里，你想想，有东有西有南有北，能没有中吗？古人爱说南蛮，北胡，东夷，西狄，你听听这些名头，中原可不就是最核心的那个点儿么。所以，饮食的根儿肯定也是中原。不客气地说，整个中国饮食的萌芽期、发展期、形成期和繁盛期都是在中原完成的。

饮食的历史从夏商周开始，夏商是萌芽期，到周以后才有了饮食文明，周嘛，周礼嘛，就是饮食接待问题，钟鸣鼎食就是周开始的，从周以后，开始有了高规格的饮食以及严格的饮食规定，如天子九鼎，大夫三鼎，老百姓使碗吃……九鼎八簋这些的形成就是在中原。你想想，夏商周汉唐宋都在中原建都啊，中国八大古都，河南占了四个。郑州时间短，就不说了。其他三个，安阳是七朝古都，开封是七朝古都，洛阳是九朝古都，光洛阳当都城就一千五百年！你想想，那时咱这里可是说一不二的政治文化中心，这些个朝廷往民间流传些宫廷菜，是多么顺便的事儿。豫菜的起源，可不就是宫廷菜嘛。

咱们中原，好地方啊。首先是咱们的物产丰富。不仅是只有大平原，咱们也有山有水，山是太行，王屋，伏牛，桐柏，还有秦岭余脉。水呢，别的不说，仅是古代四渎里，咱们就有三条：黄河，淮河和济水。所以山珍水产样样都来。食材丰富了，饮食也就好发展。因为交通便利，咱们的经济贸易也很发达，手工业也就发展得快。饮食的发展和手工业的发展也密切相关，比如有了冶铁后，就开始有了刀和锅，就有了刀法和炒制。你知道吗？厨师们的技能在炒之前就是炖啊，煮啊，烧啊，烤啊，炙啊，有了冶铁以后才开始了炒。有食材也有工具，再加上咱们那么多地方都当过都城，宫廷贵族引领的餐饮层次很高，九鼎八簋这些规矩都是从咱们这里立起来的。各国来使也在咱们这里朝贡，带来很多稀罕东西，所以咱们的厨师见识多，经验多，就汇总和创造了很多技法，饮食就越来越发达。尤其是到了宋朝，国力强盛，民众富裕，上下都很会享受，没了宵禁，有了夜市，放开了酒，这可不得了了。在那以前，酒是官卖的，酒是酒馆，饭是饭馆，各开各的，两不相干。酒和饭一放到一起卖，饮食就受到了很大的刺激，就更厉害了。

北宋南移以后，中原饮食的影响力才慢慢弱下来，淡泊了。中原逐鹿，仗打得勤。你看史书就知道，咱们这块地方的人就是韭菜，打一次仗就割一茬。有本事的人家，能养得起车马的就都跑了，这一跑，就把咱们豫菜带到了全国各处。就说粤菜吧，现在都说它多好多好，可是宋朝以前，广东还是个发配充军的地方呢，哪里能谈得上菜。如果不是中原一批又一批人到了广东，广东菜不可能有现在这个样子。可以说，咱们河南人走到哪里，就把豫菜带到了哪里。以豫菜为基础，人慢慢适应着当地的水土，菜的口味也慢慢被改良着，就有了如今的南甜、北咸、东酸、西辣。

豫菜嘛，甘而不浓，酸而不酷，咸而不涩，辛而不烈，淡而不薄，香而不腻……你别笑。豫菜做到了功夫，就是这么好。没特点？不，咱们有特点，咱们的特点就是甘草在中药里的作用，五味调和，知味适中。所以内行常说，吃在广东，味在四川，调和在中原——提起川菜，我就想叹气。现在的人整天说吃，却不会吃。吃得没有品位，没有滋味，也没有营养。很简单的，你放眼去看，满大街餐馆里都是麻辣，麻辣几乎就是第一味。这还能说会吃吗？麻？啥叫麻？介于疼和痒之间的，这叫麻。那是最难受的味道。说穿了，麻就是让你木的。所以医生用麻药止疼。啥是辣？是疼和烧之间的味道，就是刺激人不好受的。麻辣自古都是辅味，不能当主味。现在可好，都拿这些东西当主味了。还有的厨师就以为四川菜讲究的就是个麻辣，这就是外行话。真正的四川菜，百分之六十以上的都不是麻辣，一桌能有两个麻辣菜就不错了。

人心粗了，就吃不细了。

学识

厨师这一行，也跟你们写作一样，是讲究灵气的。有灵气的，就是祖师爷赏饭吃的——哪一行都是这，有灵气的就是祖师爷赏饭吃，没灵气的就是自己到祖师爷那里求饭吃。这一行，有的活儿能练，切菜配菜什么的这些能练。有的活儿不能练，比如火候和拿味儿。有的人做了一辈子厨师，这些就是不行。有的人一上手，火候就把得准，拿味儿就拿得准，没办法，这就是祖师爷赏饭吃。

当然，要想往上走，光靠灵气肯定不行。有时候到乡村，碰上红白事，我挺喜欢看那些做饭的师傅，你看他们就在那儿专心做活儿，红案白案都挺好的，很有魅力的，但他一开口就不行了，一说话就不行了，立马就往下掉，这个魅力值就往下掉，你就知道，他顶多是个小地方的好手，离高手还差得远。说归到底，根由还是没学识。

很多厨师没有社会地位，不能怨别人，就是他自己没有学识，也不觉得学识重要。还好大喜功，一吹就是我给哪个领导做过饭，我给谁谁谁做过饭，那有用吗，没用啊。

厨师其实就是个杂家，就是要很博学，行厨如行医，这是过去对厨师的基本教导。这就要求他对自然界万物都要有了解，这是特别考验人的。因为中国的饮食包含得太多、太博，往大里说，它其实就是整个儿中国的文化综合体，这也就是为什么老子会有治大国若烹小鲜的说法，可以说天下事唯知味最难。从这个角度也可以解释说好厨师里为什么女人少。我一直觉得就理论上讲，厨房的活它还是要使巧劲的，就这个精细度而言，女人更适合做厨师，而且她也整天在家庭里面忙活，应该要出很多高手的。可在中国就是很少。——其实女厨师在世界上很多的——当然也有男女地位的问题，不过解放以后妇女地位明显提高了，好的女厨师还是很少，我觉得就是跟性别的局限有关系，女人视野就是比较狭窄，学识上也更容易陷入家庭妇女的这个范畴。当然还有一点儿原因，那就是厨师还是带有一定体力劳动性质的，带有危险性质的，女人在这方面就差一些。不过一般的女厨师不做便罢，一做就很出名。宋朝就有不少很好的厨娘。五代时候有一个尼姑叫梵正，她是冷拼的祖师。——冷拼可不是天生就有的，也是历史发展到一定阶段才有的。到一定阶段以后随着文化的发展，随着审美观念的进步，菜肴的层次越来越高，才会有这些——冷拼和凉菜也不完全是一码事。冷拼也是凉菜，但是它是更高级的凉菜。也就是说，会冷拼的都会做凉菜，会做凉菜的不一定会冷拼。就营养上构图上食材组合上说，冷拼更讲究，这是肯定的。

咱们国内的很多厨师，干着厨师骂厨师，一下班就骂："炒一天菜，一身油腻，挣不着俩钱！我什么时候能出头？"一边靠着这个行业吃饭一边觉得这个行业对不住他，还觉得很苦，这就是真苦。他无法在职业中享受——他根本不可能去享受。他没有理解这一点：既然从事了这个行业，那么自己的一切，幸福也好，生活也好，都要从这个行业里衍生出来。他不明白，他就是糊糊涂涂地干，就是糊糊涂涂地熬。

他不明白：你得先把事做好。你做这个事首先是因为喜欢，是因为自己的选择。你把事干好不是为了挣钱——但是，有意思的是，你只要把事干好，肯定就有钱挣。但是人总是反着想。他老想着我为什么不挣钱？他没有想到是他自己不值钱。

一夜成名是没有的。急功近利就是欲速不达。你看看那些成了的人，哪个不是走了千山万水才到了今天，老天爷哪能让你白捡那么大的便宜。

国际地位

饮食和政治、经济、文化的发展一样，都有一个过程。现在民众都很躁动，不安宁，粗俗的饮食就会泛滥。中国自古谁最牛？一是当官，二是有钱。

其实社会生活水平到达一定层次之后，真正有地位的应该是哪些人呢？应该是有文化的人。可是现在有文化的人却是普遍的一文不值。这就导致了饮食业的全面崩溃和落后。你知道吗？现在国际上是没有中餐这个概念的。中餐是没有的。没有中餐。

对。近一百年，国际上就不认中餐。人家认的是东方菜。东方菜里，不含中餐。东方菜，指的是日本菜和韩菜。东方菜没有中国菜。我刚知道的时候也很震惊。我觉得我们中国菜是很重要的存在呀。可是在他们国际餐饮业的概念里，一说中国菜，就是地摊菜。便宜，十五美元随便吃，根本不上档次。

我去过英国、意大利、法国、瑞士、西班牙、日本……特别是在意大利、法国和西班牙，一说要吃好的东方菜，他们的首选就是日本菜，再就是韩菜，要不就是台湾菜。他们就认为大陆菜就没法吃，就没有大陆菜这个意识。当然他们也承认，这些菜发源于中餐，发源于中国菜。但又认为他们都已经超过了中国菜。我们中餐在国际视野里，已经进入不了精英阶层了。你别说别人说咱的菜是垃圾，你老实说，你自己认为是不是垃圾？垃圾猪，鸡精鸡粉，饲料鱼，瘦肉精……人家都知道，你们现在已经到了餐桌污染的时代了。你食品安全都过不去，何谈营养，何谈高端。人家甚至认为，你们的地都是有毒的，土都是有毒的。

还有，人家认为我们吃饭，很多时候就是浪费。奢侈，浪费，不是高端，也是低端。另外，很重要的一点，人家认为你的餐饮是以为政府服务为荣的，是围绕着政府的，是政府经济。政府经济都是畸形的怪胎呀。——人家说的对不对？对的呀。比如改革开放三十年，你就看这个现象。哪个国家领导人是四川的，川菜满大街。哪个省的省长是回民，清真餐馆的生意一定火爆。我听说有的省甚至因为这个就形成了一个清真品牌，全省连锁呢。——萧记烩面也是清真的餐馆，那个省长在的时候，他们专门留一个房间给省长用，平时就是闲着，也得那么闲着。我们新乡农行行长，他是信阳人。农行所在的那条街，街面上都是信阳菜馆。信阳菜馆生意很红火。后来他出事了，信阳菜馆一夜之间就不见了。

外国人，他们有时候把我们看得透透的。在这方面，我们跟人家太不一样了。他们的领导人可没有这样的特权，他们的领导人都比较可怜。

外国厨师文化高，素养好，他们也很喜欢自己的工作，对事业很热爱。中国厨师很多人是不爱这个行业的，就是为了挣工资——为什么行业要供神？那不是供神，那更是一种信仰的证明。相信自己这个行业从祖先那里来，还将源远流长下去，是生生不息的，是值得热爱的。相信自己不仅是在挣钱，更是在做一件有意义的事。这样才能走远。

标准

咱们这个行业，很有意思，不论什么朝代，大米还是这么蒸才好吃，面条也还得这么擀才好吃……我老家有个百年店，日本人来了把饭馆炸塌了，灶房只剩下半个了，要摘牌子关门，老客户们不让，说得留着。日本人走了，又开。国民党来了，也开，共产党来了，还得开。只要你做得好，就什么人都爱吃。因为它撒不了谎，它很诚实。诚实得不能再诚实了。不论谁当皇帝谁当领导，都得这样。

餐饮行业叫“勤行”，要很勤奋，很勤劳。也是一个“良心行”，得有良心。不管你多大官多有钱，你最终都想吃到好的。所以我们讲的良心就是把菜做好。人的最基本的存在就是“食”，如果你在食物上动手脚，是一定不能被原谅的，因为你触犯了道德底线。

我经常觉得我们这个行业是上不着天下不着地的。怎么讲？最低标准，你把饭做熟就行。你如果想达到高水平，你不想光做饭，你想把饭做成美食，那你得一辈子努力。学识上，技艺上，你就去做吧。艺无止境嘛。你想做好事，一碗粥就救人命。你如果想做坏事，你也能给人下毒，把坏事做绝。你想把厨房这事儿做得多大，那就能做多大，伊尹成宰相，专诸刺吴王，不都是例子吗？你想开饭店，只要你有精力，你想开多大都成，就开成麦当劳连锁的那样。甚至一道招牌菜，比如卖个乡村鸡，你一年都能卖上亿。你要想做得深，那就只做一家，慢慢琢磨，慢慢研究。你想做多长时间，那就能做多长时间，东来顺，狗不理，都够长的吧。只要你做得好，能坚持得下来，你就有那么长的生命力。你要做得短，今天开门后天关，也是常事……这是一个非常宽泛的行业，是一片特别广阔的土地。你想走多远，就能走多远。它永远能容得下你。

——是啊，世界上哪个行当都是这样的，都是这样的。

驭火

刚才我忘了说一点，宋朝饮食业发达还有一个原因是燃料有了发展，开始用煤炭了。煤炭这个燃料对于饮食也是革命性的，因为它火大，火硬，可以瞬间导热，就可以爆炒了。柴火不行的，柴火火力瓤。

说到燃料，就说说火。啥物性配啥火候，这也是个要紧功夫。听师傅们说过，多少年前的老祖宗都知道把火分五种：文火、小火、中火、大火、武火或者旺火。多聪明，多能。

《吕氏春秋·本味篇》中说：“五味三材，九沸九变，火为之纪。时疾时徐，灭腥去臊除膻，必以其胜，无失其理。”袁枚在《随园食单》里说：“熟物之法，最重火候。有须武火者，煎炒是也，火弱则物疲矣。有须文火者，煨煮是也，火猛则物枯矣。有先用武火而后用文火者，收汤之物是也，性急则皮焦而里不熟矣。有愈煮愈嫩者，腰子、鸡蛋之类是也。有略煮即不嫩者，鲜鱼、蚶蛤之类是也。肉起迟则红色变黑，鱼起迟则活肉变死。屡开锅盖，则多沫而少香。火熄再烧，则走油而味失。”

我给你掉这个书袋，就是想说一个意思，火可关键，可重要，所以咱们厨师用火不能叫使火，用火，而叫驭火。我好说火硬火瓤，这其实说的则是燃料，比如煤炭、汽油、电、天然气，这些燃料出来的火就是硬火。

现在有了万能烘烤箱，因为这个，我们可以想高温就高温，想低温就低温，我们还可以恒温，比如多少度，二十四小时就是这个温度，食品的成色就很稳定。我们还可以低温慢煮，低温慢煮这个概念是西班牙发明的，但它的低温慢煮就相当于我们这里的焐和焖。就是小火，基本不让它大开，就是保持七八十度，一个小时就可以让肉酥烂。这个以前不好掌握，现在就可以了。

也有人说这有点儿像陶瓷烧制，现在的窑都是电脑温控的，出来的陶瓷就没有过去全人工的土窑好，这个问题我不这么看。我觉得科技是先锋的，这肯定是好事，但是好事也得有前提，要看你怎么用。但在使用这个先锋技术之前，你必须得把传统的东西掌握得扎实，掌握扎实之后才有可能和先锋的东西对接——你先得有很好的基础，你得充分了解传统工艺，要充分了解原料的性能，哪些东西适应低温慢煮……你还得有基本功，这样才能把菜真正做好。要辩证地看这个问题。必须先有坚实的基础和对传统的深入理解和继承，你才能和先锋的东西对接，不然你就驾驭不了。

所有的东西都有矛盾，所有的东西都不矛盾。这就是矛盾统一论。很多人认为现代科技毁了我们很多东西，这个论调很流行。但是现代科技也带给我们很多东西。社会不能停留不发展吧。互联网，飞机，手机，它们的出现是毁掉了很多，但是也带来了很多……辩证地看待新事物，扬其长避其短，这个是最大的问题。

工业本身是没错的，发展本身是没错的，平台本身是没错的，主要看你这个人怎么去用它的问题。刀发明了之后可以切菜，还可以砍头呢，是不是？你不能说刀就该灭掉。还是在于人本身。

味道

食材的好味道有两种，一种是简单的，原则是食材的本味就很好，很完美。你吃了就知道，哦，这是大白菜的味儿，这是小白菜的味儿，这是春荠菜的味儿，这是夏荠菜的味儿，这是土豆的味儿，这是山药的味儿，这是红薯的味儿。这些味儿很单纯，我们要做的是体现出它本来的美味，让你吃了它就是一个感觉：好吃！看那个电视剧《大长今》，里头有一出小宫女们尝菜，老宫女叫小宫女们说出这道菜所用的调味品，有一道菜，所有的人都认为那道甜味是白糖，那个小长今却说是红柿。人家问她，你怎么会认为是红柿呢？小长今说因为我尝到了红柿的味道。我只是因为有红柿的味道才这么说的。老宫女笑着说，没错，里面加了红柿当然就有红柿的味道，我问你为什么会这么想是我糊涂了。

红柿的味道就是红柿的味道，不是别的任何味道。食物就是这么诚实。

味道对每个人都是平等的，味道就在那里。你体会不到或者是体会错了，是你的问题。——还别说，那个电视剧里好多话还挺专业的，比如说料理河豚的时候必须要加水芹菜来提味。猪肉，海参，海带，甚至是西瓜也都掺有咸味，所以要调味的时候你都必须要注意，越是凉菜咸味越会明显。还有，所有的味道都会对比上升或调和，遇到苦味或是涩味的时候加入甜的调味料，味道就可以中和。

另一种味道就是复杂的。这种食材的味道往往很个性，它的优点很鲜明，缺点也会很鲜明，像羊肉的膻，猪肉的腥。它们有缺陷，需要我们把这种缺陷去掉，也就是给食材扬长避短，这就得用调味料来平衡和协调，越突出的个性越得平衡和协调。就像一座好房子，你就那么一栋，孤零零地矗立在荒郊野地里，有什么意思呢？得有溪水，有园林，有草地，推开门也得有左邻右舍，这房子的好才能扎下根来，成为能亲近交往的好。不过千万不能忘了，调料存在的唯一使命就是为主料服务，就是为了让主料的味道更好，所以一定要用得适度。当你吃到某道菜觉得调料太重的时候，如果不是厨师水平有问题，那一定就是食材本身有问题，肯定是不够新鲜了才会需要重调料来遮蔽和哄骗食客。调料是为了衬托和修饰主料，而不是遮蔽和哄骗。这是一条根本性原则。

还有一条根本性原则：加入调料的目的是为了让食材的味道丰富，但这丰富绝不等同于混乱，一定得很有层次很有秩序。要做到什么程度呢？你要细细回味，你要再三品味，你会觉得它不仅仅是好吃，它还耐品。你会觉得它不单薄，它是有宽度和深度的。

吊汤

豫菜调味，关键就是汤。这是豫菜的命根子。唱戏的腔，厨师的汤。有汤开张，无汤打烊。在咱们这儿，一个厨师不会吊汤，哪儿还能叫厨师，只能叫伙夫！为啥吊汤这么要紧？这得从海鲜说起。海鲜咱中原没有鲜的，只有干货。想把干货做好，就需要好汤入味，汤就成了豫菜的鲜味之源。豫菜吊汤是用老母鸡和肘子，三洗三滚三撇沫，先熬毛汤，一部分毛汤通过扫汤来得清汤，另一部分毛汤再加进棒骨来熬奶汤。用奶汤的料渣加水再熬，得二汤。清汤可以做开水白菜、清汤竹笙和酸辣乌鱼蛋汤。奶汤用来做奶汤广肚和奶汤蒲菜。二汤用来烧家常菜。最好的清汤叫“浓后淡”，看起来就像是一碗白开水。端上桌的时候，没见过的人都以为是涮勺子的水。但是，尝上一口你就知道了，这就是好清汤。好清汤有个说法，叫“清澈见底，不见油花”，好奶汤也有一个说法，叫“浓如牛奶，滑香挂齿”。

吊汤的味儿是什么味儿？所有的好汤，你喝了以后跟喝老酒一样，醇。你先用舌尖儿品，舌尖是尝味道的。然后汤就到了咽喉部，咽喉部是找感觉的。舌尖让你知道咸甜酸辣苦，但是真是找感觉，就是在咽喉。好茶，好菜，好饭，这些好东西到了咽喉部，都能把喉咙打开，都是能回甘的。

现在的汤吊得都不如以前了。一是猪肉不好了，二是老母鸡也难找了。过去的老母鸡，两三个小时都熬不烂，现在你把鸡切成块，一焯水二三十分钟就熟了——都是饲料鸡呀。想要真材实料的老母鸡也不是不行，你得去村里收。平日里自家吃，收个一只两只还行，饭店整天这么用，去哪里收那么多鸡呀？得多少人下去收呀？成本得多高呀？不现实。

食材不中，厨师水平再高也得往下落点儿。不过话说回来，纵使食材一般，要是厨师手艺好，也不至于把菜做得太差劲。如今为啥那么多人做的菜放不到正经桌面上？因为手艺不中。手艺不中可是最要命，能把上等食材做成中等，中等食材做成垃圾。

我学吊汤，是在当学徒的时候。学徒先是几年分档，再是几年打荷，然后才能上灶吊汤和炒菜。我当学徒的时候挨过一回打，也是因为吊汤。那时候我已经学会吊汤了，被师傅们也夸过，想着自己快熬出来了，就有些马虎起来，觉得这也没什么大不了的。有天夜里，饭店不远处有一门大户人家给老太太祝寿，请了戏班子在门口吹唱。我是个戏迷，一边在厨房里忙活，一边听着外头的热闹，心里跟猫抓一样。我把水添满，烧开，把熬料放进去，看锅里的汤大开了，从炉膛里撤了几根劈柴，把火改小，锅盖半开，就偷偷溜了出去。这一看不打紧，就把汤忘得一干二净。是值班的赵师傅揪着我的耳朵把我从人群中拽回去的。那汤熬得，不能看啊。赵师傅一巴掌就呼到我的脸上，说："不下功夫，汤就不能熬到劲儿。非得叫你长长记性，叫你知道啥叫规矩！"那一晚我可没睡，从头去熬。整熬了一夜，熬了四大盆毛汤，两大盆清汤，一大盆奶汤。

蒜葱姜

拍大蒜呢，一般炒菜的蒜末是拍，调菜必须得捣蒜浆。捣蒜浆的时候还要加盐，加醋，加香油拌，用油把它给封上，营养就不跑，味道也不跑。——这都是过去的传统方式。现在很多饭店做蒜汁都是直接用刀拍，所以就不会有蒜浆的味道。现代科学发现，大蒜里有一种大蒜素，必须得经过充分氧化以后，才能够充分地起作用，才能够杀菌消毒保护肠胃。蒜是地下生长的，又带皮，它就有蒜油和蒜浆，你必须用蒜臼去捣，再加上盐。盐的作用呢，是这样的：首先盐能增加摩擦力，使得蒜被捣时不会乱飞。其次也是最重要的一点，盐能改变细胞所处的溶液环境，改变了细胞内外的渗透压，再加上大气压强的作用，就能够把蒜里面的蒜油和蒜浆都激发出来。这时候的蒜才有真正的蒜香味。而且这时候的蒜经过充分氧化，还不那么辣了，进入肚子里以后也会被完全吸收。它能贴到肠壁上。这就是为什么有个偏方，说如果痢疾拉肚子，就捣点儿大蒜吃下去，就能立即拉下来。——蒜本身就是药。葱姜蒜都是药。葱姜还有平衡的作用。我们常说用葱姜爆锅，是为了闻香味，更重要的是为了平衡原料的不同特性。就像开中药，君臣佐使都开过了，还要加上一味甘草，甘草就是为了平衡。中药为什么能治病？就是用这药的特性，来驱赶你身体的那种邪性。你身体热了，就让你寒。你寒了，就让你热。饮食也是如此，所以搭配很重要。搭配就是平衡营养。

这些传统都是很有讲究的。没有一处没来源。

说到姜，上床萝卜下床姜，说的是姜是大寒嘛，所以上床不能吃。萝卜是顺气的——也有说泄气的，都行。气是必须泄的。因为它泄的是什么气呢？浊气。不好的气。你身体里有两种气，一种是营卫之气，还有一种是浊气。浊气必须要排，来保护你的营卫之气，也就是元气。

章丘葱、大蒜都好。它的葱白长，个儿大，味道甜。河南封丘大葱，滑县大葱，中牟大蒜，也都很好。

家里

我小时，印象最深的菜，是我妈做的扣碗儿，最好吃的是那个黄焖茄子，就是把茄子挂糊炸，炸过以后呢，开汤再上笼蒸，扣过来吃，也是扣的，她的黄焖茄子做得特别好。那时候没肉吃，就拿这个当肉吃。所谓的荤素菜，就是这种。

家宴里面一般轮不着我来做菜。我妈今年九十三，她在吃上很注意，她吃素食比较多一点，社会上乱七八糟的那些东西，牛奶呀，鸡精味精，饮料呀，保健品我从来都不让她吃。就吃这些家常菜，早上熬小米粥，玉米面粥，炒个白菜，吃个煎饼，想吃肉就吃包子、饺子，这些东西菜肉混合，又都碎了，好消化。还有，平常也喝白面疙瘩汤。马金凤也喜欢喝这个。白面汤就食物的这个药性来说确实好，它比较合脾胃，确实养胃。合脾胃的意思呢就是不上火，不上火就不容易伤到嗓子，也不会口舌生疮。我也是，头天晚上喝酒了，第二天就喝点儿面汤，吃点儿手擀面，就觉得舒服。

同样是小麦，地方和地方不一样，面性就不一样。豫北的小麦面筋好，滑县，长垣、安阳这一带土质好，小麦好，面就好。弹性大到什么程度，吃一顿饺子下来，擀皮儿擀得手腕疼。面筋好是什么意思？就是它的植物蛋白和植物纤维都很丰富，这对人体就很有好处。

老老实实

师傅有一句口头禅，想做个好厨师没有什么诀窍，就是四个字：老老实实。他说这四个字是所有手艺人的根本。老老实实练基本功，老老实实找好食材，老老实实做菜。汤该炖到什么时候一定要炖到什么时候，该用四川汉源的花椒就一定要用那里的花椒。蒜该捣的时候一定不能拍，葱该切丝的时候一定不能用段，面要醒三个时辰，一定不能两个半，得烧地锅的时候一定不能用天然气和电磁炉……说句趸话，所有的程序都得老老实实，有了这四个字，厨师就有了立世的根本。哪怕你做不了太好呢，最起码也不会太差。

师傅还常说：一天不老实，自己知道。两天不老实，同行知道。三天不老实，外行知道。这是说唱戏练武的功夫，厨房的道理也是一样。这块面，你少揉一下或许没什么，少揉两下就肯定不一样。那肉在锅里多焖一秒钟没事，多焖十秒钟肯定就不行。举个简单的例子，就是一碗炝锅面，老实做肯定就比不老实做要好吃。炝锅面要用高汤，同样是高汤，老实的做法是另开一灶，让高汤一直滚开着，煮面的时候，加进去的就得是这热高汤。绝对不能是凉的。道理嘛，一是热汤本身就香，一烫顶三鲜嘛。还有一个，你想，底料都炝好了，你一勺子凉汤加进去，就像一个人正在满头大汗地跑步健身，你突然硬拽着他去冲了个凉水澡，他能不感冒？饭菜和人一样。这样做出来的饭菜就是有病，怎么会好吃呢？

当然，厨行的事很难形容，鱼要鲜嫩到什么程度？饼要筋道到什么程度？没有公式或者标准，所以想打马虎眼的话，尽可以去打。食客们也不一定能吃得出来，甚至可以说，绝大多数食客都尝不出来。但是，但是——说，水往低处流，人要往高处走。手艺人的高处不是升官发财，手艺人的高处就是精益求精。你有了往上的心劲，也做了往上的努力，你的手艺就会一天比一天好，一年比一年好，久而久之，你自然就成了高人。你以为高手是怎么来的，就是这么老老实实慢慢儿磨出来的。我说其实也就是两个字呗，老实。说，就得是四个字。我说为啥要重复一下？老老实实，意思不还是老实吗？说，因为这世上聪明人太多，聪明人太容易不老实。所以得老实里再夯上一层老实。

所以咱们这一行，手艺之外的东西，不能太想着进步。越想进步，就越容易退步，尤其是德行退步得快。有人跟我理论过，说有的人德行很差，却也不影响他做菜的手艺很好。就像武术一样，有的人心思很坏，武功却很高。所以说看起来品行高低和专业水平没啥关系。我说，这说法不对。这二者不仅有关系，关系还大着呢。正因为是大关系，所以不是一时半会儿能看出来的，沉住气往后看，越往后看越能看出分晓。就打个比方吧。你如果品德坏手艺好，你就容易用好手艺做坏事，比如把坏的东西做得让人吃不出来，把臭东西做香，把腐烂的东西做成新鲜的样儿给人吃。一到夏天，你看看街边大排档上的那些菜色，你看看那肉的红，那么妖艳粗鲁，肯定是用了色素。其实稍微用心一下，食材本身的颜色就够用了。红萝卜西红柿红椒这都是红，苦瓜莴笋菠菜这都是绿，莲藕山药土豆这都是白，紫菜香菇黑木耳这都是黑，哪样不好？天然好看又健康。即使卤肉什么的需要调色，也应该用糖啊酱油啊这些东西来调。你知道吗？藏红花汁儿调出来的金黄色，那可是漂亮极了。想要让牛肉颜色又好口感又嫩，木瓜浆的功效比嫩肉粉强几倍。

可是你心性坏了，就会为了利益，你就能做得出来下作的事——你整个人，整个心性是往下走的，这就注定了你即使悟性不错，即使手艺到了那么一个阶段，也很难进一步提升。因为你的选择很容易趋向于不好的东西，这会妨碍你往更高的地方走。所以啊，第一要紧的就是练基本功。都说咱们厨师就是“金手银胳膊”，“金手银胳膊”是啥？就是手艺。手艺是啥？就是技术，就是基本功。现在的很多厨师都走偏了，不钻研技术，就知道搞公关，搞策划，要打造这个，打造那个……不是金手银胳膊了，成了金嗓银喉咙。有的还一门心思想当官。人和人的心性不一样，活法也不一样。有的人一当官，不但觉得丢了专业不可惜，甚至恨不得越丢越远。他觉得自己的专业说起来可丢人，就想洗干净，恨不得人家都不知道……不过有意思的是，他们退休后又回头去吃技术饭，纷纷去当什么技术顾问啦。

后记

古人说的“读万卷书，行万里路”，是一种高标准、高品质的生活。对此生命的追求，真正实施者甚少。读书破万卷不容易，远行也是多有不便。时间走到了今天，旅途变得十分通畅，行万里路已经不是问题，读万卷书却仍不是件易事。这需要个人的自觉及社会的推动。而文字是一种释放，也是一种交流。作家的写作同样需要与读者互动。

漓江出版社顺应需要，提出了散文精品城际阅读，编辑系列名家丛书，以迎合扑面而来的旅途与信息相融的高铁时代。

谈起选题时，我们就谈到了“七”这个数字，它是“赤橙黄绿青蓝紫”的七，是“哆来咪发唆拉西”的七。让人联想到色彩的无限斑斓与乐曲的美妙变化。那么就定为七人吧，每一两年邀约七位活跃于当今文坛的作家，以构建可资阅读、珍藏、研究的厚重文库。

作家们欣然响应，很快传来了书稿，我们根据情况，组成不同年龄、不同性别、不同地域、不同风格的七人展。毋庸置疑，随着时间的推移，这个精品文丛将会显现出它茁壮的生命力。

由于疫情及其他缘由，这一辑稍有拖延，但我们仍然会看到欣喜的收获。

王剑冰

2020 年冬

王剑冰，著名散文家，我社《中国年度散文》《中国年度散文诗》主编，“旅伴文库 · 散文精品城际阅读”主编。

请记下你与日子的美好相遇

请记下你与日子的美好相遇

请记下你与日子的美好相遇

请记下你与日子的美好相遇

请记下你与日子的美好相遇

请记下你与日子的美好相遇

请记下你与日子的美好相遇

请记下你与日子的美好相遇

请记下你与日子的美好相遇

请记下你与日子的美好相遇

请记下你与日子的美好相遇

请记下你与日子的美好相遇

请记下你与日子的美好相遇

请记下你与日子的美好相遇

请记下你与日子的美好相遇

请记下你与日子的美好相遇